_____ 님께

이 책을 드립니다.

_____ 드림

365
날마다 깨우는
마음의
소리

365
날마다 깨우는

마음의
소리

초판 1쇄 발행 | 2009년 11월 30일
초판 2쇄 발행 | 2009년 12월 15일

엮은이 | 박대훈
발행인 | 김선희
펴낸곳 | 도서출판 준앤준
책임편집 | 박옥훈
디자인 | 윤정선

등록번호 | 388-2009-000018호
등록일 | 2009년 6월 24일

공급처 | 도서출판 매월당
주소 | 경기도 부천시 소사구 송내동 뉴서울아파트 102동 304호
전화 | 032-666-1130
팩스 | 032-215-1130
메일 | bada1130kim@yahoo.co.kr

365
날마다 깨우는
마음의
소리

박대훈 엮음

준앤준

January

1

타인의 가치를 알아보는 사람은 총명한 사람이
며, 스스로를 아는 사람은 덕이 있는 사람이다. 남
을 이기는 사람은 강한 사람이며, 자기 자신을 이
기는 사람은 마음이 굳센 사람이다. 죽음으로 모든
게 사라지는 것이 아님을 깨닫는 사람은 영원한
생명을 얻는다.
— 노자

노자(老子 ?~?)
중국 고대의 철학자, 도가의 창시자. 주나라의 쇠퇴를 한탄하고 은퇴할
것을 결심한 후 서방으로 떠났다. 그 도중 관문지기의 요청으로 상하 2
편의 책을 써주었다고 한다. 이것을 《노자》라고 하며 《도덕경》이라고도
하는데, 도가 사상의 효시로 일컬어진다.

어떤 사람이 칭찬을 받을 만하다고 여겨지면 그 사실을 인정하라. 그렇게 하지 않으면 그 사람이 가고 있는 길에서 벗어나게 하여, 그에게 필요한 지지와 시인을 빼앗을 뿐 아니라 자신의 올바른 특권까지 빼앗기고 타인에게 당연히 보수를 지불해야 할 의무를 이행하지 않게 될 것이다.

— 러스킨

러스킨(1819~1900)

영국의 비평가 · 사회사상가. 예술미의 순수감상을 주장하고 '예술의 기초는 민족 및 개인의 성실성과 도의에 있다.'고 하는 자신의 미술원리를 구축해 나갔다.

도덕적인 완성에 이르려면 무엇보다 먼저 정신적인 결백에 힘써야 한다. 정신적 결백이란 마음으로부터 진실하기를 바라고, 의지가 신성을 지향할 때 비로소 얻어지는 것이다. 그리고 이것은 그 사람이 참된 지식을 가지고 있는지 없는지에 달려 있다.

— 공자

공자(BC 552~BC 479)

중국 고대의 사상가, 유교의 시조. 최고의 덕을 인이라고 보았다. 인(仁)에 대한 공자의 가장 대표적인 정의는 '극기복례(克己復禮)' 곧 '자기 자신을 이기고 예에 따르는 삶이 곧 인'이라는 것이다. 그 수양을 위해 부모와 연장자를 공손하게 모시는 효제(孝悌)의 실천을 가르치고, 이를 인의 출발점으로 삼았다.

0104

사람이 사람다운 것은 용기와 힘 때문만이 아니다. 그대가 스스로 분노를 참을 수 있고 타인을 용서할 수 있다면, 그대는 용기나 힘을 가진 자보다 훨씬 사람다워 보일 것이다. ― 페르시아 속담

페르시아 제국

페르시아 제국은 오늘날 이란의 영토에 근거한 여러 개의 제국을 서양에서 일반적으로 일컫는 말이다. 일반적으로는 아케메네스 왕조의 페르시아(BC 550~BC 330)를 페르시아 제국이라고 부르지만 그 후로 1935년까지 이 지역에 일어났던 여러 개의 제국들을 서양의 역사학자들은 모두 페르시아 제국이라 불렀다.

누군가가 나를 모욕했다면 그 사람은 그런 성격을 타고났기 때문이다. 나에게는 나만의 성질이 있다. 그것은 자연으로부터 부여받은 성질이다. 그러므로 나는 나 자신의 성질에 따라 행동할 것이다.

— 마르쿠스 아우렐리우스

마르쿠스 아우렐리우스(121~180)
로마제국의 제16대 황제로 5현제(賢帝)의 마지막 황제이며 후기 스토아학파의 철학자로 《명상록》을 남겼다. 당시 경제적·군사적으로 어려운 시기였고 페스트의 유행으로 제국이 피폐하여 그가 죽은 후 로마제국은 쇠퇴하였다.

이 세상이 존재한 것은 이성과 지혜가 그 모체였기 때문이다. 자신의 어머니를 알고 자기가 그 아들임을 아는 사람은 온갖 위험으로부터 벗어나 있다. 인생의 종말에 스스로 입을 닫고 감정의 문을 닫는 자는 어떠한 불안도 경험하지 않는다.

— 노자

노자(老子 ?~?)
중국 고대의 철학자, 도가의 창시자. 주나라의 쇠퇴를 한탄하고 은퇴할 것을 결심한 후 서방으로 떠났다. 그 도중 관문지기의 요청으로 상하 2편의 책을 써주었다고 한다. 이것을 《노자》라고 하며 《도덕경》이라고도 하는데, 도가 사상의 효시로 일컬어진다.

우리는 자기 자신에 의해서 구원되기도 하고 몰락하기도 한다. 외부적인 그 어떤 영향에 의한 것이라 해도 인간이 악을 좇는다면 그 악은 구원되지 않을 것이다. 어떤 사람이 스스로의 존재 법칙에 따라 살고 있다면, 설사 물질계가 파괴되고 이 세상이 파멸된다 해도 그 사람은 결코 악을 붙잡지는 않을 것이기 때문이다.　　　― 류시 말로리

조소는 한 번도 진리를 해치지 못했다. 그러나 진리의 성장은 조소하는 자 속에서 주춤할 수밖에 없다.　　　― 류시 말로리

당신 스스로 죄를 범하기도 하고 악을 생각하기도 한다. 또 당신 스스로 죄를 피하기도 하고 깨끗한 생각을 하기도 한다. 죄도 악도 당신 마음에 달려 있고, 당신 자신에 의해 좌우된다. 어느 누구도 당신을 구원할 수는 없다.　　　　　— 드하마파다

   인간의 행복은 금은보화에 의해 좌우되는 것이
아니다. 행복과 불행의 정령은 바로 그 자신의 영
혼 속에 살고 있다. 옳은 일을 하지 않는 사람이 반
드시 나쁜 사람은 아니다. 정당한 일을 하려는 마
음을 갖지 않은 사람이 나쁜 사람이다. 슬기로운
사람은 어떠한 곳에 살지라도 그곳이 자기 집이라
고 생각한다. 현명한 영혼을 가진 자에게는 모든
세계가 고향이다.
                                            — 아브데르스키

한 골짜기 물의 흐름이 다른 골짜기를 지배하며 흐르기 위해서는 그 골짜기보다 흐름이 낮아야 한다. 그와 마찬가지로 성인이 다른 사람들보다 고결해지려면 언행에 있어서 그들보다 겸손해져야 한다. 사람들을 인도할 때는 사람들 뒤에서 종용해야 한다. 그 때문에 일반인들은 성인들이 자신들보다 높은 세계에 살고 있어도 그것을 알지 못한다. 자신보다 훨씬 앞서 있어도 사람들은 그것을 거북하게 생각하지 않는다. 성인은 누구하고도 다투지 않으므로 이 세상은 그를 기다리는 것이다.　　— 노자

노자(老子 ?~?)
중국 고대의 철학자, 도가의 창시자. 주나라의 쇠퇴를 한탄하고 은퇴할 것을 결심한 후 서방으로 떠났다. 그 도중 관문지기의 요청으로 상하 2편의 책을 써주었다고 한다. 이것을 《노자》라고 하며 《도덕경》이라고도 하는데, 도가 사상의 효시로 일컬어진다.

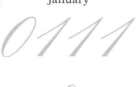

사회는 사람들에게 말한다.

'우리들이 생각하듯 행동하라, 우리들이 믿는 것처럼 믿어라, 우리들이 먹고 마시는 것을 먹고 마셔라, 우리들이 입는 것을 입어라, 그렇게 하지 않으면 그대는 사람들에게 미움을 받을 것이다.'

누군가 이 말을 따르지 않는다면 그는 조소와 비난, 배척과 증오에 부딪쳐 지옥과 같은 삶을 살아가지 않으면 안 되게 된다. 그러나 용기를 내라.

— 류시 말로리

너 자신이 알고 있는 진리를 따를 때만이 새로운 진리를 얻을 수 있을 것이다.

— 류시 말로리

0112

당신에게는 하찮은 것에 불과한 세상 관습에 따른다는 것은 당신의 힘을 낭비하는 일이며, 당신의 귀중한 시간을 허비하는 일이다. 낡은 제도를 지지하고, 남의 비위를 맞추려고 소작인처럼 누구에게나 굽실거리는 일, 이 같은 일을 하고 있으면 참된 그대 자신의 정체는 점점 희미해져 알기 어렵게 될 것이다. 그대의 능력을 쓸데없는 곳에다 소모하게 됨은 물론이다. 이런 생활은 육체와 정신을 모두 멸망시키는 것이다.　　　　　　　　　　─ 에머슨

에머슨(1803~1882)
미국 사상가 겸 시인. 자연과의 접촉에서 고독과 희열을 발견하고 자연의 효용으로서 실리·미·언어·훈련의 4종을 제시했다. 정신을 물질보다도 중시하고 직관에 의하여 진리를 알고, 자아의 소리와 진리를 깨달으며, 논리적인 모순을 관대히 보는 신비적 이상주의였다. 주요 저서에는 《자연론》, 《대표적 위인론》 등이 있다.

　　위대한 현인이 영향력을 갖고 있는 곳에서는 사람들이 그 영향을 받고 살아가면서도 그 현인의 존재를 알지 못한다. 그 다음 버금가는 현인이 지배하는 곳에서는 사람들이 그를 두려워한다. 그리고 위대하지 못한 현인이 사는 곳에서 사람들은 그를 경멸한다.

— 노자

노자(老子 ?~?)
중국 고대의 철학자, 도가의 창시자. 주나라의 쇠퇴를 한탄하고 은퇴할 것을 결심한 후 서방으로 떠났다. 그 도중 관문지기의 요청으로 상하 2편의 책을 써주었다고 한다. 이것을 《노자》라고 하며 《도덕경》이라고도 하는데, 도가 사상의 효시로 일컬어진다.

정의는 가끔 역사의 토양 속에 오랫동안 움직이지 않고 파묻혀 있는 씨앗이기도 하다. 그러나 때를 만나 온도와 습도를 받으면, 새롭고 건강한 싹을 틔우고 신선한 힘을 길러내어 힘차게 성장한다. 그리하여 꽃을 피우고 열매를 맺는다. 그러나 폭력과 부정의 힘에 의해 뿌려진 씨앗은 썩고 말라서 자취도 없이 사라져버린다. ― 《탈무드》

《탈무드》
유대인 율법학자들이 사회의 모든 사상(事象)에 대하여 구전·해설한 것을 집대성한 책으로, 유대교의 율법, 전통적 습관, 축제·민간전승·해설 등을 총망라한 유대인의 정신적·문화적 유산이다. 유대교에서는 《토라 Torah》라고 하는 '모세의 5경' 다음으로 중요시된다.

인간은 인간에 의해 행해진 일을 다시 고쳐 행하기 위해 태어난 것이다. 다시 말하면, 기만을 폭로하고 진리와 선을 다시 찾기 위해서이다. 이 때문에 인간은 단 일 초 동안이라도 지나간 과거 속에서 있지 말 것이며, 항상 자신을 바르게 하고, 매일 아침마다 새로운 날을, 매 시간마다 새로운 생활을 꾸미며 우리들 전부를 포용하는 대자연으로부터 많은 것을 배우지 않으면 안 된다.   — 에머슨

에머슨(1803~1882)

미국 사상가 겸 시인. 자연과의 접촉에서 고독과 희열을 발견하고 자연의 효용으로서 실리·미·언어·훈련의 4종을 제시했다. 정신을 물질보다도 중시하고 직관에 의하여 진리를 알고, 자아의 소리와 진리를 깨달으며, 논리적인 모순을 관대히 보는 신비적 이상주의였다. 주요 저서에는 《자연론》, 《대표적 위인론》 등이 있다.

0116

우리들이 모든 순간을 잘 이용하게 될 줄 알아야 우리들의 영원성을 믿을 수가 있는 것이다. 우리들의 모든 순간에 있어서, 스스로 높은 정신으로써 대할 때에만 보잘것없는 사명까지도 보람 있는 것이 된다.

— 마티노

마티노(1805~1900)
영국의 유니테리언파 목사이자 철학자이다. 철학면에서 I. 칸트의 영향을 많이 받아 이성적 사고에는 현실이 뒷받침되어야 한다고 주장하였다.

0117

　고귀한 진리에 대한 계시 가운데 가장 오래되었으며, 가장 시대에 뒤떨어진 것만을 받아들이고 있다는 사실이 얼마나 놀라운 일인가. 그리고 가장 바르고 적절한 계시, 가장 자립적인 사상을 전혀 가치 없는 것이라고 생각하고, 때로는 그것에 대해서 혐오의 감정만을 보이는 것은 참으로 놀라운 일이다.

— 소로

소로(1817~1862)

미국 사상가·문학자. 자연에 대해서 뿐만 아니라 사회문제에 대해서도 항상 민감한 반응을 보였다. 멕시코 전쟁에 반대하여 인두세(人頭稅)의 납부를 거절한 죄로 투옥당했으나, 그때 경험을 기초로 쓴 《시민의 반항》은 후에 간디의 운동 등에 커다란 영향을 주었다.

자기 존경은 인간 속에 있는 신에 대한 의식이 인생에 표현된 것이다. 그것은 깊은 근거를 종교 속에 가지고 있다. 그 가장 좋은 예는 공순함의 위대함이다. 어떠한 귀족이나 왕후도 성인의 자경(自敬)과 비교될 수 없다. 성인의 공순한 것은 자기 자신이 느끼고 있는 신의 위대성에 의거해 신과 같이 되고 싶다고 원해서이다.   — 에머슨

에머슨(1803~1882)

미국 사상가 겸 시인. 자연과의 접촉에서 고독과 희열을 발견하고 자연의 효용으로서 실리 · 미 · 언어 · 훈련의 4종을 제시했다. 정신을 물질보다도 중시하고 직관에 의하여 진리를 알고, 자아의 소리와 진리를 깨달으며, 논리적인 모순을 관대히 보는 신비적 이상주의였다. 주요 저서에는 《자연론》, 《대표적 위인론》 등이 있다.

나는 무엇인가? 나는 무엇을 할 것인가? 나는 무엇을 믿을 수가 있고 무엇을 희망할 수가 있을 것인가? 이 모든 질문을 통해 우리는 철학으로 들어가는 것이다.

— 리히텐베르크

리히텐베르크(1742~1799)
독일의 물리학자 · 계몽주의 사상가. '리히텐베르크 도형'을 발견하였고, 1778년부터 《괴팅겐 포켓연감》을 발행, 여기에 많은 자연과학 및 철학 논문을 수록 · 발표하였다.

스스로의 일을 발견한 사람은 행복한 사람이다.
그 사람으로 하여금 그 이외의 행복을 찾게 하지
마라. 그 사람에게는 할 일이 있다. 인생의 목적이
있다. 그 사람은 그 일을 찾아냈다. 이제 그 사람은
그 일을 수행하리라.　　　　　　　　　　　　— 칼라일

칼라일(1795~1881)
영국의 평론가·역사가. 이상주의적인 사회 개혁을 제창하여 19세기
사상계에 큰 영향을 끼쳤다. 에든버러 대학에서 수학과 신학을 공부하
였으며, 그 후 독일 문학 연구를 시작하여 괴테·실러 등의 작품을 영
국에 소개하였다. 1838년 《의상 철학》을 발표하였는데, 당시 영국 사회
의 산업 만능 사상에 대한 낭만적인 구제책으로 영웅의 힘을 강조하였
다. 저서로 《프랑스 혁명사》, 《영웅 숭배론》, 《과거와 현재》 등이 있다.

어떻게 하여 의복이 좀먹는 것을 막으며 쇠가 녹
스는 것을, 또한 감자가 썩는 것을 막겠는가 하는
것에 대한 우리의 생각은 끊임없이 변하리라. 그러
나 어떻게 하여 영혼의 부패를 막겠는가 하는 것
은 어떠한 것에서도 배울 수가 없다. 다만 자신이
알고 있는 올바른 것을 수행하고 실천하는 것이
필요할 뿐이다.   ─ 소로

소로(1817~1862)
미국 사상가·문학자. 자연에 대해서 뿐만 아니라 사회문제에 대해서
도 항상 민감한 반응을 보였다. 멕시코 전쟁에 반대하여 인두세(人頭
稅)의 납부를 거절한 죄로 투옥당했으나, 그때 경험을 기초로 쓴 《시민
의 반항》은 후에 간디의 운동 등에 커다란 영향을 주었다.

　그대의 모든 재능과 지식은 남을 돕기 위한 수단
이라고 생각하라. 힘이 센 자, 그리고 현명한 자의
힘과 지혜는 약한 자를 압박하기 위해 부여된 것
이 아니라 그들을 지도하고 돕기 위해 부여된 것
이다.　　　　　　　　　　　　　　　　　— 러스킨

러스킨(1819~1900)
영국의 비평가·사회사상가. 예술미의 순수감상을 주장하고 '예술의
기초는 민족 및 개인의 성실성과 도의에 있다.'고 하는 자신의 미술원
리를 구축해 나갔다.

사람이 항상 자기의 처지를 확실히 깨닫고 있을 때는 그 사람의 정신 상태도 평온을 유지한다. 이 정신 상태가 일정하게 될 때, 모든 다른 정신적인 초조는 없어지고 비로소 완전한 평화가 찾아온다. 정신이 흐트러지지 않은 평화를 가진 사람은 사색하기에 적당한 사람이다. 이와 같은 사람은 모든 진리를 받아들일 수 있는 사람이다.   — 공자

공자(BC 552~BC 479)
중국 고대의 사상가, 유교의 시조. 최고의 덕을 인이라고 보았다. 인
(仁)에 대한 공자의 가장 대표적인 정의는 '극기복례(克己復禮)' 곧
'자기 자신을 이기고 예에 따르는 삶이 곧 인'이라는 것이다. 그 수양
을 위해 부모와 연장자를 공손하게 모시는 효제(孝悌)의 실천을 가르
치고, 이를 인의 출발점으로 삼았다.

인생에 관한 중요한 문제에 있어서 우리들은 늘 고독하다. 그리고 우리들의 참된 역사는 거의 다른 인간에게는 이해될 수 없는 것이다. 인생이란 희곡에 있어서 참된 장면은 신과 우리들 양식(樣式) 사이의 내면적인 교섭의 장면이다.   — 아미엘

아미엘(1884~1977)
프랑스 극작가. 심리극 전통을 추구하고, 제1차 세계대전 후 '침묵파'로 활약했다. 작품은 《카페 타바》, 《사나이》, 《적령기 여성》, 《모네스체 집안》 등이 있다.

0125

모르는 것을 묻는 것을 결코 수치로 여기지 마라. 자제라는 것은 그 뿌리에 만족을, 그 열매에 평화를 가지고 있는 나무와 같다. 언제나 진실만을 말하라. 그것이 남에게 불쾌한 기분을 느끼게 한다는 것을 알고 있더라도⋯⋯. 배움이 있어도 그것을 응용할 줄 모르는 사람은 음식의 냄새만을 맡고 먹지는 않는 사람과 같다. ― 아라비아 격언

우리들이 철학사나 자연과학사를 읽어보면, 가장 위대한 발견은 누구나 틀림없다고 확신하는 것을 그럴 리 없다고 생각한 사람들에 의해서만 이루어졌다는 사실을 곧 알게 될 것이다.

—리히텐베르크

리히텐베르크(1742~1799)
독일의 물리학자 · 계몽주의 사상가. '리히텐베르크 도형'을 발견하였고, 1778년부터 《괴팅겐 포켓연감》을 발행, 여기에 많은 자연과학 및 철학 논문을 수록 · 발표하였다.

　가장 바람직한 신앙은 그 어떤 목적을 계산에 넣지 않고 행하는 것이다. 가장 악한 신앙은 일정한 목적 아래, 바로 그것 때문에 행해지는 것이다.

　진실로 신을 사랑하는 자는 모든 존재 속에서 신을 생각하며, 자기 자신 속에서 모든 존재를 생각한다.

— 아그니 푸라나

스스로를 위해 재물을 땅에 쌓아서는 안 된다. 벌레와 녹이 그 재물을 해치고 도둑이 그것을 훔쳐갈 것이다. 그러니 재물을 하늘에 쌓아라. 거기는 재물을 해칠 벌레도, 녹도 없으며, 도둑이 훔쳐갈 수도 없는 곳이다. 재물이 있는 곳에 그대의 마음도 있게 되기 때문이다. ― 《성경》

《성경》
그리스도교의 성전(聖典)으로서 《성경》은 구약과 신약으로 이루어진다. '구(舊)'는 그리스도 이전을 가리키고, '신(新)'은 그리스도 이후의 내용이며, '약(約)'은 인간에 대한 신의 구원의 계약을 의미한다. 또한 성경이나 성서라는 말이 그리스도교에서만 쓰이는 말이 아니고, 다른 종교에서도 성경과 성서라는 낱말로 쓰이고 있음에 주의할 필요가 있다.

　선인(先人)들이 진리라고 생각했던 것이 이성을
지닌 우리들에게는 허위라고 해서 슬퍼하는 것처
럼 민망스러운 일은 없다. 선인들의 시대와는 다른
새로운 조화의 기초를 찾아낸다면 그만 아닌가.

— 마티노

마티노(1805~1900)
영국의 유니테리언파 목사이자 철학자이다. 철학면에서 I. 칸트의 영
향을 많이 받아 이성적 사고에는 현실이 뒷받침되어야 한다고 주장하
였다.

신은 인간의 마음속에 양심과 이성의 힘을 빌려 신앙을 이끌어 넣는 것이다. 폭력이나 위협의 힘으로 신앙심을 일으킬 수는 없는 것이다. 폭력이나 위협으로 생기는 것은 신앙이 아니라 공포다.

신앙이 없음을, 또는 혼란되어 있음을 비방하고 질책하는 것은 좋은 방법이 아니다. 그런 사람들은 일부러 비방하고 질책하지 않아도 자기들의 혼란으로 말미암아 큰 불행을 맛보고 있는 사람들이다. 그러므로 비방하고 질책하는 것은 그 사람들에게 이익이 될 때에만 그렇게 해야 한다. 그렇게 하지 않으면 그 질책이나 비방은 역효과를 가져와, 더욱 그 사람들을 괴롭히고 도리어 해를 끼치게 할 따름이다. — 파스칼

신앙은 사랑과 마찬가지로 강요함으로써 생기는 것은 아니다. 그러므로 국가적인 시설로써 양성하고 유지하려는 노력은 위험한 일이다. 그 까닭은 사랑을 강요하면 도리어 미움을 사는 것과 같이 신앙을 강요하는 것은 도리어 불신앙(不信仰)을 일으키기 때문이다.

— 쇼펜하우어

쇼펜하우어(1788~1860)
독일의 철학자. 염세 사상의 대표자로 불린다. 그의 철학은 칸트의 인식론에서 출발하여 피히테, 셸링, 헤겔 등의 관념론적 철학자를 공격하였다. 그러나 그 근본적 사상이나 체계의 구성은 같은 '독일 관념론'에 속한다.

Memo

Fabruary

2

신을 믿고 섬겨라. 그러나 신의 본질을 캐묻지는 말라. 그것을 묻는 것은 쓸데없는 노력의 소모가 될 뿐이다. 신이 존재하는 것인지 아닌지 그것조차 알려고 애쓰지 마라. 신을 존재하는 것으로, 또 어디든지 있는 것으로 알고 섬겨라.   ― 필레몬

필레몬(BC 368?~BC 264?)
아테네 신희극에 속하는 작품들을 쓴 시인. 메난드로스와 같은 시대에 활동한 선배이자 경쟁자였다. 필레몬은 극작가로서 교묘하게 꾸며진 줄거리와 생생한 묘사, 극적인 놀라움 및 진부한 교훈으로 유명했다. 그가 쓴 97편의 희극 가운데 약 60편의 제목은 그리스어로 된 작품의 일부와 라틴어로 각색된 작품에 남아 있다.

어떠한 사람도 위대한 근원의 신비 속까지 파고 들어간 적은 없다. 또한 어떠한 사람도 자기 자신 밖으로 한 걸음이라도 나가 본 적은 없다. 당신 자신을 찾아다니는 동안 이 세상의 모든 것은 혼란 속에 있을 것이다. 성자도 거지도 부자도 모두 그대가 도달할 수 있는 가능한 것으로부터 멀리 떨어져 있다.

그대의 이름은 모든 것과 함께 울리고 있으나 그러나 모든 것은 귀머거리이다. 그대는 모든 것의 앞에 있다. 그러나 그 모든 것은 장님인 것이다.

— 페르시아 금언

페르시아 제국
페르시아 제국은 오늘날 이란의 영토에 근거한 여러 개의 제국을 서양에서 일반적으로 일컫는 말이다. 일반적으로는 아케메네스 왕조의 페르시아(BC 550~BC 330)를 페르시아 제국이라고 부르지만 그 후로 1935년까지 이 지역에 일어났던 여러 개의 제국들을 서양의 역사학자들은 모두 페르시아 제국이라 불렀다.

성인의 덕성은 먼 나라로 여행하는 것, 혹은 높은 산에 오르는 것을 생각하게 한다. 먼 나라까지 가게 된 것도 최초의 한 걸음으로부터 시작되며, 높은 산에 오르는 것도 기슭으로부터 시작되는 것이다.

— 공자

공자(BC 552~BC 479)
중국 고대의 사상가, 유교의 시조. 최고의 덕을 인이라고 보았다. 인(仁)에 대한 공자의 가장 대표적인 정의는 '극기복례(克己復禮)' 곧 '자기 자신을 이기고 예에 따르는 삶이 곧 인'이라는 것이다. 그 수양을 위해 부모와 연장자를 공손하게 모시는 효제(孝悌)의 실천을 가르치고, 이를 인의 출발점으로 삼았다.

어떤 하나의 일을 올바르게, 또 제대로 하기 위해서는 그것을 하는 방법을 알고 있어야 한다. 이것은 누구나가 이해하고 있는 일이다. 올바르게 그리고 제대로 사는 것도 그와 똑같다. 그러므로 올바르게 그리고 제대로 사는 방법을 알고 있어야 한다.

— 에픽테토스

에픽테토스(50?~138?)
이탈리아 로마 제정 시대의 스토아 철학자. 로마 노예 신분이면서 스토아 철학을 배운 그는 스토아 인으로서 철학자라기보다는 철인(哲人)이었다. 있는 그대로의 '자연'을 인식하고 우리의 의지를 그것에 일치시키기 위한 '수련'이 철학이라고 했다.

45

사람은 자기에게 주어진 것을 마쳤을 때, 그리고 자기의 일에 최선을 다해서 할 수 있는 마지막까지 해냈다고 말할 수 있을 때만이 행복하다.

만일 사람이 그와 같이 하지 않는다면 일을 끝마친 뒤에도 즐거움을 느끼지 못할 것이며, 어깨의 짐을 가볍게 했다고 느끼지도 못할 것이다.

— 에머슨

에머슨(1803~1882)

미국 사상가 겸 시인. 자연과의 접촉에서 고독과 희열을 발견하고 자연의 효용으로서 실리·미·언어·훈련의 4종을 제시했다. 정신을 물질보다도 중시하고 직관에 의하여 진리를 알고, 자아의 소리와 진리를 깨달으며, 논리적인 모순을 관대히 보는 신비적 이상주의였다. 주요 저서에는 《자연론》, 《대표적 위인론》 등이 있다.

나의 모든 말을 듣고 그것을 행하는 자는 바위 위에다 집을 짓는 현명한 사람이다. 비 오고 바람 불며 물이 넘쳐도 그 집은 무너지지 않는다. 나의 말을 들어 그대로 행하지 않는 자는 모래 위에 집을 짓는 자와 같다. 비 오고 바람 불면 곧 무너져버린다.

— 〈성경〉

〈성경〉

그리스도교의 성전(聖典)으로서 〈성경〉은 구약과 신약으로 이루어진다. '구(舊)'는 그리스도 이전을 가리키고, '신(新)'은 그리스도 이후의 내용이며, '약(約)'은 인간에 대한 신의 구원의 계약을 의미한다. 또한 성경이나 성서라는 말이 그리스도교에서만 쓰이는 말이 아니고, 다른 종교에서도 성경과 성서라는 낱말로 쓰이고 있음에 주의할 필요가 있다.

February

0207

 사람이 오랫동안 집을 비웠다가 돌아오면 집안 사람이나 친구들이 따뜻이 환영해 주듯, 이곳에서 행한 착한 일은 다른 곳에서도 오래 집을 떠나 있던 사람처럼 환영을 받으며, 마치 친한 친구를 대하는 것 같은 대접을 받을 것이다.   — 석가모니

석가모니(BC 563~BC 483)

인도의 불교 창시자. 본래의 성은 고타마, 이름은 싯다르타인데 후에 깨달음을 얻어 붓다(Buddha)라 불리게 되었다. 또한 사찰이나 신도 사이에서는 진리의 체현자(體現者)라는 의미의 여래, 존칭으로서의 세존, 석존 등으로도 불린다.

0208

　사람은 강한 존재이다. 자신의 영혼의 힘을 알고
또 자신 이외의 것으로부터 어떤 힘을 얻으려고
할 때에는 이미 자신이 힘을 잃었다는 것을 아는
사람, 육체를 지배하여 정신을 참된 지배자로 하려
는 사람은 오직 진실한 길을 걸으며 기적을 행하
는 사람이다. 그는 자기 발로 굳게 땅을 딛고 서서
넘어지지 않는 사람이다.　　　　　　　— 에머슨

에머슨(1803~1882)

미국 사상가 겸 시인. 자연과의 접촉에서 고독과 희열을 발견하고 자
연의 효용으로서 실리 · 미 · 언어 · 훈련의 4종을 제시했다. 정신을 물
질보다도 중시하고 직관에 의하여 진리를 알고, 자아의 소리와 진리를
깨달으며, 논리적인 모순을 관대히 보는 신비적 이상주의였다. 주요 저
서에는 《자연론》, 《대표적 위인론》 등이 있다.

어떻게 신을 알고 있느냐고 그대에게 묻는 사람이 있거든 신은 내 마음속에 있기 때문이라고 대답하라. 만약 신이 사람들의 마음속에 있다는 것이 진실한 것이 아니라면 사람들은 나약해지고 말 것이다. 육안이 아닌 마음의 눈을 가지고 참된 자신을 보라. 스스로를 알 수 없는 자가 어떻게 신을 알 수 있을 것인가? 참된 자기 인식이야말로 신을 아는 지름길이다.　　　　　　　　 — 페르시아 격언

페르시아 제국

페르시아 제국은 오늘날 이란의 영토에 근거한 여러 개의 제국을 서양에서 일반적으로 일컫는 말이다. 일반적으로는 아케메네스 왕조의 페르시아(BC 550~BC 330)를 페르시아 제국이라고 부르지만 그 후로 1935년까지 이 지역에 일어났던 여러 개의 제국들을 서양의 역사학자들은 모두 페르시아 제국이라 불렀다.

우리는 무언가를 알고 있거나, 알려고 하면 알
수 있다. 인간의 정신과 양심은 신에게 속한다는
것, 악을 부정하고 선을 인정함에 있어서 인간 자
신이 신의 구체화로 나타난다는 것, 인간의 기쁨은
사랑에 있으며, 인간의 고통은 분노에 있으며, 인
간의 고뇌는 부정이 나타날 때 생기며, 인간의 행
복은 자기희생에 있다는 것, 이러한 사실들은 인간
이 신과 결합해 있다는 명백한 증거이다.

— 러스킨

러스킨(1819~1900)
영국의 비평가·사회사상가. 예술미의 순수감상을 주장하고 '예술의
기초는 민족 및 개인의 성실성과 도의에 있다.'고 하는 자신의 미술원
리를 구축해 나갔다.

February

0211

   명심하라. 인생에서 그대의 자유를 육욕의 봉사에만 쓰지 않는다면 그대는 이성과 지혜의 빛을 얻을 것이다. 그 빛을 흐리게 하는 정욕에서 벗어난 인간의 영혼은 강하다. 그리고 그 이상으로 신뢰할 수 있는 악으로부터의 피난처는 없다. 이런 사실을 모르는 자는 장님이며, 알면서도 실망하지 않는 자는 불행하다.　　　　— 마르쿠스 아우렐리우스

마르쿠스 아우렐리우스(121~180)
로마제국의 제16대 황제로 5현제(賢帝)의 마지막 황제이며 후기 스토아학파의 철학자로 《명상록》을 남겼다. 당시 경제적·군사적으로 어려운 시기였고 페스트의 유행으로 제국이 피폐하여 그가 죽은 후 로마제국은 쇠퇴하였다.

선행을 시작하기 전에는 그 누구도 선에 대한 확실한 이해를 할 수 없다. 또한 자주 선을 행하지만 희생적으로 선을 행하지 않으면 아무도 참된 선을 사랑할 수 없다. 그리고 언제나 선을 행하지 않으면 어느 누구도 선을 통하여 평화를 찾을 수 없다.

— 마티노

마티노(1805~1900)
영국의 유니테리언파 목사이자 철학자이다. 철학면에서 I. 칸트의 영향을 많이 받아 이성적 사고에는 현실이 뒷받침되어야 한다고 주장하였다.

0213

높은 덕성을 갖는다는 것은 자유로운 정신을 갖
는 것을 의미한다. 쉼 없이 화를 내며 항상 무엇인
가를 두려워하고, 끊임없이 정욕에 사로잡혀 있는
사람은 자유로운 정신을 갖지 못한다. 자기 자신에
게 집중하지 못하는 사람과 무슨 일에나 골몰하지
못하는 사람은 보아도 보지 못하는 사람이며, 먹어
도 맛을 모르는 사람이다.　　　　　　　 — 공자

공자(BC 552~BC 479)
중국 고대의 사상가, 유교의 시조. 최고의 덕을 인이라고 보았다. 인
(仁)에 대한 공자의 가장 대표적인 정의는 '극기복례(克己復禮)' 곧
'자기 자신을 이기고 예에 따르는 삶이 곧 인'이라는 것이다. 그 수양
을 위해 부모와 연장자를 공손하게 모시는 효제(孝悌)의 실천을 가르
치고, 이를 인의 출발점으로 삼았다.

물질적인 자연에는 악이 존재하지 않는다. 악은 모든 사람들에게 존재한다. 그리고 모든 사람들에게는 선에 대한 인식과 선악을 구별하고 선택할 수 있는 자유가 있다. — 마르쿠스 아우렐리우스

마르쿠스 아우렐리우스(121~180)
로마제국의 제16대 황제로 5현제(賢帝)의 마지막 황제이며 후기 스토아학파의 철학자로 《명상록》을 남겼다. 당시 경제적·군사적으로 어려운 시기였고 페스트의 유행으로 제국이 피폐하여 그가 죽은 후 로마제국은 쇠퇴하였다.

　모든 참된 사상, 살아 있는 사상이란 쉼 없이 영
양분을 취해 변화해 가는 생명력을 가지고 있는
법이다. 그러나 그것은 급격하게 변하는 것이 아니
라, 수목이 커가듯 서서히 변화해 간다.　― 러스킨

러스킨(1819~1900)
영국의 비평가 · 사회사상가. 예술미의 순수감상을 주장하고 '예술의
기초는 민족 및 개인의 성실성과 도의에 있다.'고 하는 자신의 미술원
리를 구축해 나갔다.

부화할 단계에 이른 달걀은 그 속에서 깨어나려 하는 병아리의 생명을 다치지 않게 하고는 깨뜨릴 수 없다. 이처럼 어느 한 사람이 다른 사람을 해방 시킨다는 것은 그 사람의 정신생활에 대한 위험을 무릅쓰지 않고는 불가능하다. 정신은 어느 정도 성 장하면서 자기 혼자 스스로의 사슬을 끊어버린다.

— 류시 말로리

우리는 자신이 육체적으로 그 어떤 자보다도 약하다고 느낄 때도, 정 신적으로는 누구보다도 강해야 한다.   — 류시 말로리

절제란 정력을 억압한다든가 그 발달을 저해함을 뜻하는 것이 아니다. 또한 그것은 선의 중지 상태, 다시 말하면 사랑이나 신앙을 나타내는데 있어서의 중지 상태를 의미하는 것도 아니다. 그와는 반대로 사람이 악이라고 생각하는 것을 방해하는 힘과 정력을 의미한다. — 러스킨

러스킨(1819~1900)
영국의 비평가·사회사상가. 예술미의 순수감상을 주장하고 '예술의 기초는 민족 및 개인의 성실성과 도의에 있다.'고 하는 자신의 미술원리를 구축해 나갔다.

어떤 사람을 현명한 사람이라고 하는가? 그것은 모든 것에서 배움을 얻으려는 사람을 말한다. 어떤 사람을 굳센 사람이라고 하는가? 그것은 자기 자신을 억제할 수 있는 사람을 말한다. 어떤 사람을 풍부한 사람이라고 하는가? 그것은 자기가 가진 것에 만족하는 사람을 말한다.　　　　— 〈탈무드〉

〈탈무드〉
유대인 율법학자들이 사회의 모든 사상(事象)에 대하여 구전·해설한 것을 집대성한 책으로, 유대교의 율법, 전통적 습관, 축제·민간전승·해설 등을 총망라한 유대인의 정신적·문화적 유산이다. 유대교에서는 〈토라 *Torah*〉라고 하는 '모세의 5경' 다음으로 중요시된다.

인간은 두 가지 생활을 영위할 수 있다. 즉, 진실한 내면적인 생활과 허위적이며 외면적인 생활. 내면적인 생활이란 사람이 인상(印象) 속에서만 생활하지 않고 모든 것을 통하여 하나의 항구, 하나의 기슭, 곧 신을 본다는 것이다. 신이 베풀어준 재능을 일하는데 쓰도록 하고, 그것이 땅속에 파묻혀 빛을 보지 못하는 일을 하지 않는 생활이다. 신이 내려주신 재능은 자기 자신의 만족을 위하여 주어진 것이 아님을 의미한다.   — 고골리

고골리(1809~1852)
우크라이나 출신의 러시아 소설가 · 유머작가 · 극작가. 장편 《죽은 혼》
과 단편 《외투》로 19세기 러시아 사실주의 전통의 토대를 이루었다.

0220

우리가 반드시 배워야 할 대상 중 하나는 영혼이다. 영혼의 여러 가지 양상과 그 변화에 대하여 우리는 알아야 한다. 모든 다른 대상들은 이것과 연결되는 가지와 같다. 결국 모든 학문은 이것과 연결되는 한 가지이다.　　　　　　　　— 아미엘

아미엘(1884~1977)
프랑스 극작가. 심리극 전통을 추구하고, 제1차 세계대전 후 '침묵파'로 활약했다. 작품은 《카페 타바》, 《사나이》, 《적령기 여성》, 《모네스체 집안》 등이 있다.

우리는 몸과 마음이 건강할 때에는 여러 사람들과의 귀찮은 관계에도 신경 쓰며, 하찮은 고통에도 주의를 기울인다. 하지만 신을 생각하지는 않는다. 마치 그것은 예의와 습관이, 우리가 건강을 잃어버렸음을 이성이 인정했을 때에야 비로소 신에 대해 생각하라고 요구하는 것 같다. ― 라브뤼예르

라브뤼예르(1645~1696)
프랑스의 모럴리스트. 부르봉 왕가의 방계 중 가장 큰 권세를 자랑하던 콩데 가의 가정교사였다. 《사람은 가지가지》의 정치적 풍자는 18세기의 문학을 예고하고 있다. 《정숙주의에 관한 대화》도 유명하다.

쇠사슬에 결박되어 있는 사람들을 생각해 보라. 그들은 너나 할 것 없이 모두 죽음으로 다가가고 있다. 그리고 매일 그들 중 일부는 다른 사람들의 눈앞에서 죽어가고 있다. 이렇게 죽어가는 사람들을 눈앞에서 보며 스스로의 차례를 기다리고 있으면서도 뒤에 남는 자들은 자기 자신의 운명을 믿지 않는다. 대부분의 사람들 생활이란 대개 이와 같다.

— 파스칼

파스칼(1623~1662)

프랑스의 철학자·수학자. 근대 확률이론을 창시했고, 압력에 관한 원리(파스칼의 원리)를 체계화했으며, 신의 존재는 이성이 아니라 심성을 통해 체험할 수 있다고 가르치는 종교적 독단론을 설파했다. 직관론에 바탕을 둔 그의 사상은 루소와 앙리 베르그송 및 실존주의자 등 후세의 철학자들에게 상당한 영향을 끼쳤다.

정치상의 승리, 수입의 증가, 병자의 회복, 오래 헤어져 있던 친구와의 만남 등과 같은 일은 우리에게 행복을 주고 그로 인해 마음속이 충만해지며, 스스로에게 좋은 날이 왔다고 생각한다. 그러나 그런 것을 믿지 마라. 자기 자신을 제외하고는 어떠한 것도, 어떠한 자도 평화를 가져다주지 못한다.

— 에머슨

에머슨(1803~1882)

미국 사상가 겸 시인. 자연과의 접촉에서 고독과 희열을 발견하고 자연의 효용으로서 실리 · 미 · 언어 · 훈련의 4종을 제시했다. 정신을 물질보다도 중시하고 직관에 의하여 진리를 알고, 자아의 소리와 진리를 깨달으며, 논리적인 모순을 관대히 보는 신비적 이상주의였다. 주요 저서에는 《자연론》, 《대표적 위인론》 등이 있다.

벗을 찾아 헤매는 사람은 슬프리라. 왜냐하면 벗을 찾아 헤매는 사람은 자기 자신의 동료가 될 수 없기 때문이다. 가장 충실한 벗은 오직 자기 자신 뿐이다.　　　　　　　　　　　　　　　— 소로

소로(1817~1862)
미국 사상가·문학자. 자연에 대해서 뿐만 아니라 사회문제에 대해서도 항상 민감한 반응을 보였다. 멕시코 전쟁에 반대하여 인두세(人頭稅)의 납부를 거절한 죄로 투옥당했으나, 그때 경험을 기초로 쓴 《시민의 반항》은 후에 간디의 운동 등에 커다란 영향을 주었다.

  인생의 의무에 관한 의문을 외부 세계를 통해 풀려고 하면 안 된다. 당신의 온갖 의문에 대한 해답은 모두 당신 자신 속에 있기 때문이다. 그것은 초보적인 형식에 있어서만 그러하다. 그대는 그 해답을 생활과의 조화 가운데 성장시키지 않으면 안 된다. 이것이 신의 뜻에 이르는 유일한 길이다.

— 류시 말로리

대부분의 사람들에게 내적 세계는 너무 넓어서 연구하고 싶은 생각조차 들지 않는 큰 바다와 같다. 그러나 언젠가는 그 속에 들어가 그때까지 헛되이 외부 세계에서 찾아 헤맸던 하늘의 은신처를 찾아내지 않으면 안 된다.

— 류시 말로리

영혼은 모든 것을 알고 있다. 어떠한 새로운 것
도 영혼을 놀라게 할 수는 없다. 그 무엇도 영혼보
다 위대한 것은 없다. 영혼은 그 자체의 왕국에서
살고 있다. 영혼은 모든 공간보다 넓고 모든 시간
보다 오래된 것이다.   ― 에머슨

에머슨(1803~1882)

미국 사상가 겸 시인. 자연과의 접촉에서 고독과 희열을 발견하고 자
연의 효용으로서 실리·미·언어·훈련의 4종을 제시했다. 정신을 물
질보다도 중시하고 직관에 의하여 진리를 알고, 자아의 소리와 진리를
깨달으며, 논리적인 모순을 관대히 보는 신비적 이상주의였다. 주요 저
서에는 《자연론》, 《대표적 위인론》 등이 있다.

남으로부터 주입식으로 넣어진 진리는 다만 우리에게 붙어 있을 뿐이다. 그것은 인공적인 갈비뼈나 의치나 또는 다른 살덩이로 만든 코와도 같다. 스스로의 사색으로써 얻은 진리는 우리의 참된 갈비뼈이다. 오직 그것만이 실질적으로 우리 것이다.

— 쇼펜하우어

쇼펜하우어(1788~1860)

독일의 철학자. 염세 사상의 대표자로 불린다. 그의 철학은 칸트의 인식론에서 출발하여 피히테, 셸링, 헤겔 등의 관념론적 철학자를 공격하였다. 그러나 그 근본적 사상이나 체계의 구성은 같은 '독일 관념론'에 속한다.

선이란 현실적이며 실질적인 그 무엇이다. 인간에게 선이 많으면 많을수록 그 생활은 행복해진다. 이 법칙 속의 법칙을 인식한다면 우리는 마음속의 어떤 감정을 눈뜨게 할 수도 있다. 그 감정을 우리는 종교라고 한다. 그리고 그것은 우리의 가장 지고지순한 행복을 조성하는 것이다. — 에머슨

에머슨(1803~1882)

미국 사상가 겸 시인. 자연과의 접촉에서 고독과 희열을 발견하고 자연의 효용으로서 실리·미·언어·훈련의 4종을 제시했다. 정신을 물질보다도 중시하고 직관에 의하여 진리를 알고, 자아의 소리와 진리를 깨달으며, 논리적인 모순을 관대히 보는 신비적 이상주의였다. 주요 저서에는 《자연론》, 《대표적 위인론》 등이 있다.

March

3

당신의 자그마한 서재에 무엇이 있는가 생각해 보라. 당신은 수천 년 동안 온갖 문명으로부터 선택할 수 있는 가장 현명하고 지체가 높은 사람들과 교류하며, 그들의 연구와 지혜를 찾아내야만 할 것이다. 그들은 은둔자이기에 가까이 하기 어렵고 고독을 즐기며 순수하고, 예법에 있어서는 그대와 거리가 있을지도 모른다.

하지만 그들이 가장 가까운 벗에게도 밝히지 않았던 위대한 사상이 바로 여기! 후세의 낯모를 우리를 위하여 기록되어 있다고 생각하라. 우리는 지혜의 샘에서 솟아나는 가장 중요한 은혜를 책에서 얻는다.

— 에머슨

우리는 되새김 동물이 되지 않으면 안 된다. 여러 가지 음식을 위장에 집어넣는 것만으로는 충분하지 못하다. 거기에 되새김질할 수 있는 위를 더가져야 한다. 만일 우리가 유용한 지식을 되새김질하지 않는다면 책은 아무런 힘이나 자양분도 주지못할 것이다.

— 로크

로크(1632~1704)
영국의 철학자·정치학자. 영국과 프랑스 계몽주의의 선구자로서 미국 헌법에 정신적 기초를 제공했다. 당시 '새로운 과학' 곧 근대과학을 포함한 인식의 문제를 다룬 《인간 오성론》의 저자로 유명하다.

0303

다양한 여러 작가를 알거나 많은 책들을 읽음으로써 오히려 머리가 어지러워지거나 수습할 수 없는 상태에 빠지지 않도록 하라. 자신의 피가 되고 살이 되는 그 무엇인가를 얻으려면, 진실로 가치 있고 천재성 있는 작가의 저서만이 두뇌를 살찌게 한다. 아무 생각 없이 많은 책을 읽는 것은 두뇌를 망가뜨리는 결과를 초래하므로 항상 검증된 책들을 읽어라.

— 세네카

세네카(BC 4~AD 65)

이탈리아 고대 로마 제정기의 스토아 철학자. 네로의 과욕에 위태로움을 느낀 나머지 62년 네로에게 간청하여 관직에서 은퇴하였으나, 65년 네로에게 역모를 의심받자 스스로 혈관을 끊고 자살하였다. 스토아주의를 역설했다. 주요 작품으로 《노여움에 대하여》, 《자연학 문제점》 등이 있다.

독서는 자신의 사상의 샘이 고갈되었다는 것을 느꼈을 때 하라. 이 고갈은 상당히 지혜 있는 사람들에게도 흔히 일어나는 일이다. 그런데 때때로 독서로 인하여 아직 확고하게 자리 잡지 못한 스스로의 사상을 잃어버리는 수가 적지 않다. 그것은 마치 정신에게 죄를 짓는 것과 같다.

— 쇼펜하우어

쇼펜하우어(1788~1860)
독일의 철학자. 염세 사상의 대표자로 불린다. 그의 철학은 칸트의 인식론에서 출발하여 피히테, 셸링, 헤겔 등의 관념론적 철학자를 공격하였다. 그러나 그 근본적 사상이나 체계의 구성은 같은 '독일 관념론'에 속한다.

0305

그대는 자신이 해야 할 일을 다 했는가? 이것은 매우 중요한 문제이다. 그대 인생의 유일한 의미는 단지 그대가 부여받은 짧은 생에 있어서 그대를 지상에 보내주신 신이 그대에게만 부여하는 일을 그대가 행하는가 하는 문제 속에 있다.

— 《탈무드》

《탈무드》
유대인 율법학자들이 사회의 모든 사상(事象)에 대하여 구전·해설한 것을 집대성한 책으로, 유대교의 율법, 전통적 습관, 축제·민간전승·해설 등을 총망라한 유대인의 정신적·문화적 유산이다. 유대교에서는 《토라 *Torah*》라고 하는 '모세의 5경' 다음으로 중요시된다.

지상과 천국 사이에 대항이 있는 것은 아니다.
만일 신의 창조물이며 우리에게 주신 경건한 이
땅이 멸시당한 악과 이기주의와 폭력 속에 내던져
진 것이라고 생각한다면 그것은 신성을 모독하는
것이리라. 이 땅은 죄를 처단하는 자리가 아니다.
이 땅은 진리와 정의의 이상을 위하여, 모든 인간
들이 마음속에 지니고 있는 신성한 새로운 싹이
움트는 이상 세계에 도달하기 위하여 매진하지 않
으면 안 되는 자리이다.　　　　　　— 주세페 마치니

주세페 마치니(1805~1872)
이탈리아의 정치지도자. 불굴의 공화주의자로 이탈리아의 통일공화국
을 추구하였다. 청년이탈리아당 및 청년유럽당을 결성하고 밀라노 독
립운동에도 참가하였으며 빈곤한 망명생활을 하며 여러 차례 군사 행
동을 일으켰으나 전부 실패하였다.

0307

우리가 살아가는 이 세상은 모든 사람의 공통적
인 노력으로써 분업의 효과보다 훨씬 더 큰 효과
를 얻도록 해야 한다. 그러나 이 말은 999명의 인
간이 특정한 한 사람의 노예가 되라는 의미는 아
니다.

— 헨리 조지

헨리 조지(1839~1896)
미국의 경제학자로 단일 토지세를 주장한 《진보와 빈곤》을 저술하였
다. 19세기말 영국 사회주의 운동에 커다란 영향을 끼쳐 '조지주의 운
동'으로 확산되었다.

덕이 있는 사람은 덕이 없는 사람의 스승이다. 덕이 없는 사람은 우선 덕이 있는 사람에게 배우도록 해야 한다. 자신의 스승을 존경하지 않거나 배우지 않으면 아무리 영리한 두뇌의 소유자라고 할지라도 과실을 범하게 된다. ― 노자

노자(老子 ?~?)
중국 고대의 철학자, 도가의 창시자. 주나라의 쇠퇴를 한탄하고 은퇴할 것을 결심한 후 서방으로 떠났다. 그 도중 관문지기의 요청으로 상하 2편의 책을 써주었다고 한다. 이것을 《노자》라고 하며 《도덕경》이라고도 하는데, 도가 사상의 효시로 일컬어진다.

　너나없이 인간이란 누구나 여러 가지 죄를 범하고 있다. 말에 의한 죄를 범하지 않는 인간은 완전한 인간이며 그래서 다른 모든 인간을 지배할 수도 있다. 보라, 인간들은 짐승을 지배하기 위하여 올가미를 씌운다. 보라, 배가 제아무리 크고 모진 풍랑에 견딜지라도 단지 선장의 손에 움직이는 조그만 키에 의하여 이끌려 간다.

　말도 마찬가지이다. 소수의 사람이 무책임하게 던지는 말이 큰일을 저지른다. 금방이라도 꺼질 듯한 조그마한 불씨가 얼마나 많은 생명과 재산을 빼앗아 가는가. 말도 불과 흡사하다. 또한 말은 가끔 허위를 장식하기도 한다. 그래서 말은 인간관계에 오점을 남기기도 하고 때로는 지옥의 불길과도 같이 인간세계를 화염으로 덮어버리기도 한다.

― 〈성경〉

남이 나를 험담한다고 해서 같이 분개해서는 안 된다. 또한 남이 아부한다고 해서 그 말을 곧이곧 대로 듣고 좋아하는 표정을 지어서도 안 된다. 남 들이 누군가를 좋지 않게 평할 때는 그 이야기에 가담하지도 마라.

후덕한 사람들의 말에 열심히 귀 기울여라. 그 말을 듣는 것 자체에서 행복과 기쁨을 찾도록 하 라. 후덕한 사람들의 언행을 접할 때 진심으로 기 뻐하라. 진리의 근원이 널리 퍼진 것을 알아도 진 심으로 기뻐하라.

이 세상에 하나의 선행이 더해짐을 알았을 때도 역시 진심으로 기뻐하라. 그러나 인간의 어긋난 행 위를 하나라도 알면 자신의 몸에 바늘이 꽂힌 듯 한 아픔처럼 느껴라. 그리고 인간의 착한 일을 들 었을 때 그것을 꽃다발처럼 몸에 걸쳐라.

— 중국 성언

　우리가 이 세상을 살아가는 것이란 마치 어린아이의 장난과도 같다. 어린아이들은 이미 시작종이 울리고 선생님이 강의하는 도중에 교실로 들어온다. 그리고 그들은 선생님의 강의를 제대로 들으려 하지도 않고 또는 강의가 끝나기도 전에 나가 버리기도 한다. 아이들은 잠깐 앉아 있는 동안 선생님의 강의를 귀로 듣기는 하지만 머리로 이해하지는 못한다. 이와 같이 신의 가르침은 우리가 그것을 배우기 몇 십 세기 전부터 시작되어 왔고, 우리가 이미 이 세상에 존재하지 않게 된 후에도 계속될 것이다. 그러므로 우리는 그 가르침의 지극히 적은 부분만을 듣는다. 그러나 그나마 대개는 그것을 이해하지 못한다.　　　　　　　　　　— 토머스

　환상에 젖어 있는 사람들은 종종 확신적으로 미래를 한정시켜버린다. 그러나 그들은 그 한정해 버린 미래조차 기다리기를 초조해 하며 미래가 곧 그들의 눈앞에 와주기를 바란다. 미래에 대하여 몹시 성급해지는 것이다. 수천 년이 걸려야 하는 자연의 일도 그들은 그것이 자신이 살아 있는 동안 이루어져 그것의 완전함을 보기 원한다.

― 레싱

레싱(1729~1781)
독일의 극작가 · 비평가. 생애는 부단한 사상 투쟁의 연속이었다. 독일의 계몽사상가 중에는 그 유례를 볼 수 없는 확고부동한 확신과 명석한 지성의 소유자였다. 독일 근대 시민정신의 기수로 평가된다. 주요 저서로 《라오콘》, 《미나 폰 바른헬름》 등이 있다.

어떤 사람이 신을 학문에서의 원리나 이론에 바탕을 둔 것으로 인식하고 있다면 그것은 매우 약하고 위험하며 과실에 빠지기 쉬운 생각이다. 어떤 사람이 신을 신앙에서 우러나오는 덕성적인 것으로 인식하고 있다면 그것은 높은 도덕을 부여하는 신의 본성을 이해한 것이다. 그리고 이러한 신앙은 진실된 것이며 진실 그 이상의 무엇을 지니기도 한다.

— 칸트

칸트(1724~1804)
독일의 철학자로 철학사를 통틀어 가장 위대한 철학자 중 한 사람이다. 칸트는 데카르트에서 시작된 합리론과 베이컨에서 시작된 경험론을 종합했다. 그는 철학적 사유의 새로운 한 시대를 열었다. 인식론·윤리학·미학에 걸친 종합적·체계적인 작업은 뒤에 생겨난 철학들에 큰 영향을 주었다.

잠깐의 잘못으로 전후좌우를 망각하는 일이 없도록 하라. 자신의 잘못을 깨닫는 것만큼 보람 있는 일은 없다. 그것이 자기 수양의 지름길이다.

— 칼라일

칼라일(1795~1881)

영국의 평론가·역사가. 이상주의적인 사회 개혁을 제창하여 19세기 사상계에 큰 영향을 끼쳤다. 에든버러 대학에서 수학과 신학을 공부하였으며, 그 후 독일 문학 연구를 시작하여 괴테·실러 등의 작품을 영국에 소개하였다. 1838년 《의상 철학》을 발표하였는데, 당시 영국 사회의 산업 만능 사상에 대한 낭만적인 구제책으로 영웅의 힘을 강조하였다. 저서로 《프랑스 혁명사》, 《영웅 숭배론》, 《과거와 현재》 등이 있다.

0315

도덕에 대한 봉사로써 성립된 것이 우리의 생활이라고 말할 수 있다. 마치 종족에 대한 봉사로써 인류의 모든 생활이 성립되어 있음과 같이…… 인간들 사이에 완전에 가까운 위대한 행위가 행해진 것을 알게 될 때 우리의 인생이 언제까지나 고귀한 것이라고 생각할 수 있는 확증을 얻은 것처럼 느껴진다.

— 조지 엘리엇

조지 엘리엇(1819~1880)
영국의 여류 소설가. 그녀의 소설은 사실주의의 기법을 따르고 있지만 내용은 사람이 사는 방식에 관하여 그녀만의 독특한 철학을 구체화한 것이다. 《플로스 강의 물레방아》, 《미들마치》 등의 걸작을 내면서 작가로서의 입지를 굳혔다.

분노의 발작에 쉽사리 빠져드는 사람은 결코 사람답지 못하다. 오히려 친절과 상냥한 마음을 지닌 사람이 정말 사람다운 사람이다.

—마르쿠스 아우렐리우스

마르쿠스 아우렐리우스(121~180)
로마제국의 제16대 황제로 5현제(賢帝)의 마지막 황제이며 후기 스토아학파의 철학자로 《명상록》을 남겼다. 당시 경제적·군사적으로 어려운 시기였고 페스트의 유행으로 제국이 피폐하여 그가 죽은 후 로마제국은 쇠퇴하였다.

　그대의 적은 그대를 악으로써 앙갚음할 것이고, 그대를 증오하는 자는 고통으로써 앙갚음할 것이다. 그러나 그것에 비할 수 없을 만큼 그대에게 더욱 해를 끼치는 것은 길을 잃은 지혜가 그대에게 끼치는 영향이다. 부모나 친척이나 이웃 사람들일지라도 그대에게 믿을 만한 바른 길을 가르쳐주는 이지(理智, 불교에서 참나의 이치를 깨닫는 지혜를 이르는 말)만큼 행복한 길을 가르쳐주지는 못할 것이다.　　　　　　　　　　　　　　　— 석가모니

석가모니(BC 563~BC 483)
인도의 불교 창시자. 본래의 성은 고타마, 이름은 싯다르타인데 후에 깨달음을 얻어 붓다(Buddha)라 불리게 되었다. 또한 사찰이나 신도 사이에서는 진리의 체현자(體現者)라는 의미의 여래, 존칭으로서의 세존, 석존 등으로도 불린다.

진실된 생활로 인도되는 길은 좁고 소수의 사람들만이 그 길을 발견할 수 있다. 왜냐하면 그 길은 그들 자신의 내면세계에만 존재하기 때문이다. 그러나 발견하지 못할망정 그 길을 찾고 있는 자 역시 많지 않다. 대개는 다른 길을 찾았으므로 자신의 길을 찾으려고 노력하지 않는다.

— 류시 말로리

다른 사람들이 당신에 대해 어떻게 생각할지 마음을 졸이며 살 것이 아니라, 당신 자신이 좋다고 생각하는 삶을 살도록 하라.

— 류시 말로리

　무지를 두려워하라. 그러나 그릇된 지식은 그보다 더욱 두려운 것임을 알라. 위장된 세계로부터 그대의 눈길을 돌리도록 하라. 자신의 감정을 믿지 마라. 감정은 때때로 자신을 속이기도 한다. 그러므로 스스로 내면의 인간성을 탐구하라.

— 석가모니

석가모니(BC 563~BC 483)
인도의 불교 창시자. 본래의 성은 고타마, 이름은 싯다르타인데 후에 깨달음을 얻어 붓다(Buddha)라 불리게 되었다. 또한 사찰이나 신도 사이에서는 진리의 체현자(體現者)라는 의미의 여래, 존칭으로서의 세존, 석존 등으로도 불린다.

우선 남을 약탈하기를 그치고 높은 이자를 탐하는 데에서 손을 떼라. 그런 후에 자선에 손을 뻗쳐라. 만약 그렇지 못하고 한 사람을 발가벗김으로써 다른 사람을 따뜻하게 한다면 그 자선은 바로 죄악이다. 그러한 자선은 차라리 베풀지 않느니만 못하다.

— 자라투스트라

자라투스트라(BC 630?~BC 553?)
역사상의 인물이라는 것은 분명하지만 어느 시대 사람인지는 확실치 않다. BC 7세기 말에서 BC 6세기 초에 살았으며 20세 무렵에 종교생활을 시작해 30세 즈음에 아후라 마즈다신의 계시를 받고 조로아스터교를 창시하였다고 한다.

0321

　사람들이 논쟁하는 곁에 있더라도 그 무리에 끼어들지 마라. 아무리 허튼소리처럼 들리더라도 흥분하는 빛을 보이지 마라. 격정이란 언제나 현명한 행동이 아니다. 특히 정의에 관해서는 더욱 그렇다. 격정은 사람의 눈을 어둡게 하고 마음을 혼란하게 하기 때문이다.
—고골리

고골리(1809~1852)
우크라이나 출신의 러시아 소설가 · 유머작가 · 극작가. 장편 《죽은 혼》과 단편 《외투》로 19세기 러시아 사실주의 전통의 토대를 이루었다.

성인의 덕에 다다르려면 자제력이 제일 조건이다. 자제력은 어릴 때부터 습관이 되어 있지 않으면 안 되는데, 자제력이 어릴 때부터 습관화되어 있으면 많은 덕을 갖출 수가 있다. 많은 덕을 갖춘 사람이 자제하지 못하는 경우란 아주 드물다.

— 노자

노자(老子 ?~?)

중국 고대의 철학자, 도가의 창시자. 주나라의 쇠퇴를 한탄하고 은퇴할 것을 결심한 후 서방으로 떠났다. 그 도중 관문지기의 요청으로 상하 2편의 책을 써주었다고 한다. 이것을 《노자》라고 하며 《도덕경》이라고도 하는데, 도가 사상의 효시로 일컬어진다.

많은 사람들이 그토록 매혹되는 것, 사람들이 얻기 위하여 그토록 흥분하고 골몰하는 것은 사실 그 사람들에게 아무런 행복도 가져다주지 않는다. 그리고 무릇 인간이란 구하던 것을 얻으면 씻은 듯 잊어버리고 다시 자신이 얻지 못한 또 다른 것을 위하여 정신없이 덤벼들어 시기하고 비통해 한다. 이런 결과가 생기는 것은 지극히 당연하다. 왜냐하면 자신이 갈망하던 욕망이 달성될 때 마음의 자유를 얻는 것이 아니라, 그 욕망을 버릴 때 비로소 마음의 자유를 얻기 때문이다.

만일 이 말의 진실성을 시험하려거든 그대가 자신의 마음을 무겁게 하면서까지 품었던 욕망의 반이라도 좋으니 일단 그것을 버리도록 노력하라. 그럼으로써 곧 훨씬 많은 행복과 마음의 평화를 얻을 수 있음을 알게 될 것이다.　　— 에픽테토스

시련을 참고 견디는 자에게는 신의 은총이 있으리라. 신은 모든 자에게 시련을 내린다. 어떤 자에게는 부귀로, 또 어떤 자에게는 빈곤과 천함으로, 부귀한 자에게는 그가 필요한 자에 대하여 인색하게 굴지 않는가를, 빈곤하고 천한 자에게는 순순히 불평 없이 스스로 고뇌의 천명을 견딜 수 있는가를 시험한다.

— 《탈무드》

《탈무드》
유대인 율법학자들이 사회의 모든 사상(事象)에 대하여 구전·해설한 것을 집대성한 책으로, 유대교의 율법, 전통적 습관, 축제·민간전승·해설 등을 총망라한 유대인의 정신적·문화적 유산이다. 유대교에서는 《토라 *Torah*》라고 하는 '모세의 5경' 다음으로 중요시된다.

0325

　사회생활을 하고 있다면 적어도 사람의 인격을 경멸하는 행위를 해서는 안 된다. 비록 그 사람이 가장 천하고 불쌍하며 비웃음을 받는 사람이라 할지라도…… 모든 사람이 지닌 개개인의 인격 속에 존재하는 온갖 것을 알며, 또한 영원의 높은 법칙의 결과로서 존재하는 어떤 불멸의 것을 발견하는 것이 가장 필요하다. 만약 우리가 어떤 사람을 적대시한다면 우리의 그런 행위는 잘못된 것이며, 이런 비도덕적인 행동은 삶이 아니라 죽음의 투쟁에 도전하게 하는 결과를 만든다. 누구라도 그 인격과 능력, 기질, 용모, 개성 등을 쉽사리 개조할 수 없지 않은가.

― 쇼펜하우어

오늘 할 수 있는 일을 내일로 미루지 마라. 스스로 할 수 있는 일을 남에게 시키지도 마라. 또 값진 물건이라고 해서 필요 없는 것을 사지 마라. 긍지는 의식주를 위하여 필요로 하는 그 무엇보다도 고귀하다.

알맞은 정도에서 그쳐 후회하는 일은 거의 없다. 그런 경우에 이렇게 했더라면 하고 뜻대로 하지 못했던 일에 대하여 후회하는 일이 얼마나 많은가. 그렇지만 뉘우침이란 과거에 대해서만 할 수 있다. 몹시 화가 날 때에는 숫자를 세라. 열까지 세도 화가 풀리지 않으면 백까지 세라.　　　　— 제퍼슨

한 마디의 말이 날카로운 칼이 되기도 하고 혹은 솜처럼 따뜻하고 부드럽기도 하다. 어느 쪽을 택할 것인가는 우리의 마음에 달려 있다.
　　　　　　　　　　　　　　　　　　　　— 제퍼슨

'내가 너희를 사랑함과 같이 서로 사랑하라. 그런 다음에 만약 너희가 사랑한다면 너희가 내 제자임을 만인이 다 알아주리라.' 그는 '만약 너희가 그것을 믿는다면'이라고 하지 않고, '만약 너희가 사랑한다면'이라고 말했다. 믿는다고 함은, 경험이나 지식이 진보하면 그와 같이 발전하고 변화함을 말한다. 믿는다는 것은 시대와 연관되어 시대의 조류에 편승하는 것이다. 그러나 사랑은 불변하며 영원불멸하다.　　　　　　　　　　　　　 ―《성경》

《성경》

그리스도교의 성전(聖典)으로서 《성경》은 구약과 신약으로 이루어진다. '구(舊)'는 그리스도 이전을 가리키고, '신(新)'은 그리스도 이후의 내용이며, '약(約)'은 인간에 대한 신의 구원의 계약을 의미한다. 또한 성경이나 성서라는 말이 그리스도교에서만 쓰이는 말이 아니고, 다른 종교에서도 성경과 성서라는 낱말로 쓰이고 있음에 주의할 필요가 있다.

정신에 해를 주는 두 가지 미신을 경계하라. 그 하나는 말로써 신의 본질을 능히 표현할 수 있다고 하는 미신이며, 다른 하나는 신의 힘을 과학의 힘으로써 해부하고 설명할 수 있다고 믿는 과학이라는 미신이다.　　　　　　　　　　　　　— 러스킨

러스킨(1819~1900)

영국의 비평가·사회사상가. 예술미의 순수감상을 주장하고 '예술의 기초는 민족 및 개인의 성실성과 도의에 있다.'고 하는 자신의 미술원리를 구축해 나갔다.

지금까지의 지식을 모두 잊어버릴 때 비로소 우리는 깨닫게 된다. 어떤 사물을 연구하려 할 때 그 사물이 이미 선구자들에 의하여 규명되었다고 생각한다면 털끝만큼도 그 진리에 가까이 갈 수 없을 것이다. 어떤 사물을 완전히 규명하려면 그 사물에 대하여 백지 상태에서 출발해야만 한다.

— 토로

지식이란 금전과 다를 바 없다. 만일 어떤 사람이 피땀 흘려 얻은 금화를 빛내려고 한다면 그 사람은 그것을 자랑해도 좋다. 그것이 단지 동전 한 닢에 불과해도 정직한 노동의 대가라면 그것 또한 자랑스러운 일이다.

— 러스킨

러스킨(1819~1900)
영국의 비평가 · 사회사상가. 예술미의 순수감상을 주장하고 '예술의 기초는 민족 및 개인의 성실성과 도의에 있다.'고 하는 자신의 미술원리를 구축해 나갔다.

위대한 사상가들의 공적이란 선구자들의 책이나 전통을 계승함에 있지 않고, 그들 자신의 생활을 표현하며 이전 세대 사람들이 생각하지 못한 것을 표현했다는 사실에 있다. 그래서 우리는 항상 섬광과 같이 번쩍이며 영광스런 사상을 바르게 파악하지 않으면 안 된다. 별처럼 많은 시인이나 지혜로운 사람들을 배우는 것보다, 내적인 영광스러운 사상이 훨씬 더 큰 의의를 갖기 때문이다.

— 에머슨

에머슨(1803~1882)

미국 사상가 겸 시인. 자연과의 접촉에서 고독과 희열을 발견하고 자연의 효용으로서 실리·미·언어·훈련의 4종을 제시했다. 정신을 물질보다도 중시하고 직관에 의하여 진리를 알고, 자아의 소리와 진리를 깨달으며, 논리적인 모순을 관대히 보는 신비적 이상주의였다. 주요 저서에는 《자연론》, 《대표적 위인론》 등이 있다.

April

4

0401

    단지 신만을 믿는 어린 양들 중의 누군가를 유혹
하는 자는 그 목에 돌을 매달아 바다 깊이 처넣음
이 마땅하다. 유혹의 세계는 슬프다. 그러나 그 유
혹을 박차고 나아감이 기쁨을 얻는다. 하지만 그
육체에서 유혹을 가져오는 인간에게는 단지 슬픔
만 있을 뿐이다.   ─〈성경〉

〈성경〉
그리스도교의 성전(聖典)으로서 《성경》은 구약과 신약으로 이루어진다.
'구(舊)'는 그리스도 이전을 가리키고, '신(新)'은 그리스도 이후의 내
용이며, '약(約)'은 인간에 대한 신의 구원의 계약을 의미한다. 또한 성
경이나 성서라는 말이 그리스도교에서만 쓰이는 말이 아니고, 다른 종
교에서도 성경과 성서라는 낱말로 쓰이고 있음에 주의할 필요가 있다.

진정한 교육의 목적은 선행을 장려함에도 있지만, 그보다는 사람들이 착한 일 그 자체에서 기쁨을 찾아낼 수 있도록 하는 데 있다. 정의를 지키게 할 뿐 아니라 지켜야 할 정의를 목마르게 찾게끔 만드는 데에 있는 것이다. ― 러스킨

러스킨(1819~1900)
영국의 비평가·사회사상가. 예술미의 순수감상을 주장하고 '예술의 기초는 민족 및 개인의 성실성과 도의에 있다.'고 하는 자신의 미술원리를 구축해 나갔다.

성현은 자신에 대하여 아주 엄격하며 무엇 하나
도 남에게 요구하지 않는다. 성현은 스스로의 상태
에 만족하기 때문이다. 또한 자신의 운명에 관하여
하늘을 원망한다거나 남을 비난하는 일도 없다. 그
렇기 때문에 불행한 운명에도 침착할 수 있다.

— 공자

공자(BC 552~BC 479)
중국 고대의 사상가, 유교의 시조. 최고의 덕을 인이라고 보았다. 인
(仁)에 대한 공자의 가장 대표적인 정의는 '극기복례(克己復禮)' 곧
'자기 자신을 이기고 예에 따르는 삶이 곧 인'이라는 것이다. 그 수양
을 위해 부모와 연장자를 공손하게 모시는 효제(孝悌)의 실천을 가르
치고, 이를 인의 출발점으로 삼았다.

인간이 자신의 도덕상 의무를 거부할 때, 또는 양심의 판단에 의해서가 아니라 어느 한정된 계급이나 친구의 이익을 위한 것에 자신의 의무를 한정시킬 때, 혹은 자신이 몇 천이나 몇 만이라는 집단 속의 일개 구성원에 지나지 않는다는 이유로 자기의 개인적인 책임을 회피하려 할 때, 그는 그 즉시 도덕심을 빼앗겨버린 사람이 되고 만다. 그러면 그 사람은 그때부터 오직 신만이 할 수 있는 일을 사람이 하도록 기대하고, 신의 무궁한 힘에 자신의 얄팍한 꾀로 대하려는 무지를 저지른다.

— 채닝

채닝(1856~1931)

미국의 역사가. 1000년부터 남북전쟁(1861~1865)까지의 미국의 발전에 관한 기념비적 연구로 유명하다. 목사 윌리엄 엘러리 채닝의 아들로, 사회진화론의 영향을 받은 그는 미국사를 지배하는 줄기로 당파주의를 넘어선 통일의 힘을 강조했다. 그의 저서 《미국사 *History of the United States*》(6권, 1905~1925)는 미국사 저서들 가운데 주요업적으로 평가받고 있으며 제6권은 역사학 부문 퓰리처상을 받았다.

0405

우리는 흡사 어린아이와 같다. 어린아이들은 가벼운 유머로부터 배운 사실을 확고부동한 진리라고 생각하며 되풀이한다. 교사에 의해, 성장함에 따라 알게 된 존경할 만한 여러 이름난 사람들로부터 배운 그것을…… 우리는 얼마나 많은 곤란을 이겨내고 슬쩍 스쳐 지나가는 하찮은 말들을 외우려고 노력하는가. 그러나 스스로 성인의 경지에 이르면 그 말들을 이해하는 동시에 거기에 환멸을 느껴 그 때문에 외워둔 말들을 스스로 잊도록 노력한다.

— 에머슨

에머슨(1803~1882)

미국 사상가 겸 시인. 자연과의 접촉에서 고독과 희열을 발견하고 자연의 효용으로서 실리·미·언어·훈련의 4종을 제시했다. 정신을 물질보다도 중시하고 직관에 의하여 진리를 알고, 자아의 소리와 진리를 깨달으며, 논리적인 모순을 관대히 보는 신비적 이상주의였다. 주요 저서에는 《자연론》, 《대표적 위인론》 등이 있다.

예언자라고 위장하고 다니는 자들을 경계하라. 그들 가짜 예언자들은 양의 탈을 쓰고 있지만 마음속에는 늑대가 웅크리고 있다. 그들이 맺은 열매를 보고 그들을 알아야 한다. 과연 가시덤불에서 포도를 딸 수 있을 것인가? 모든 선한 나무에는 선한 열매가 열리기 마련이며 악한 나무에는 악한 열매가 열릴 뿐이다. 선한 나무에 악한 열매가 열리고, 악한 나무에 선한 열매가 열릴 수 없다. 그러므로 그 열매를 보고 나무를 판단해야 한다.

— 〈성경〉

〈성경〉

그리스도교의 성전(聖典)으로서 〈성경〉은 구약과 신약으로 이루어진다. '구(舊)'는 그리스도 이전을 가리키고, '신(新)'은 그리스도 이후의 내용이며, '약(約)'은 인간에 대한 신의 구원의 계약을 의미한다. 또한 성경이나 성서라는 말이 그리스도교에서만 쓰이는 말이 아니고, 다른 종교에서도 성경과 성서라는 낱말로 쓰이고 있음에 주의할 필요가 있다.

0407

우리가 살아 숨 쉬고 있다는 것은 우리의 마음이 죽어 있다는 것이며 우리가 육체 속에 파묻혀 있다는 것이다. 그러나 우리의 육체가 숨 쉬지 않는 순간 우리의 마음은 되살아난다. ― 헤라클레스

헤라클레스
가장 위대했던 그리스의 영웅. 그는 키가 크고 힘센 근육질 남성으로 사자 가죽으로 만든 옷을 입고 거대한 몽둥이를 가지고 다닌 것으로 그려진다. 그는 초인적인 힘을 가지고 힘들고 불가능하게 여겨졌던 임무들을 완수했다. 그래서 '헤라클레스 없이는 되는 일이 없다.' 라는 속담도 생겨났다.

우리는 신중한 주의를 기울여 사회적인 일에 참여해야만 한다. 우리는 자신의 의견에 너무 집착한 나머지 자기 암시에 넘어가는 일이 있어서는 안 된다. 그러므로 선입관을 버리고 새로운 의견을 받아들이도록 노력해야만 한다. 편견을 버리고 맑은 두뇌로써 판단하지 않으면 안 된다.

— 헨리 조지

헨리 조지(1839~1896)
미국의 경제학자로 단일 토지세를 주장한 《진보와 빈곤》을 저술하였다. 19세기 말 영국 사회주의 운동에 커다란 영향을 끼쳐 '조지주의 운동'으로 확산되었다.

만일 그대가 역사를 읽어보면 다음과 같은 것을 알게 될 것이다.

인간에게 끊임없이 일어나는 불행의 주된 원인 중 하나는 사람들이 이미 서로를 도울 수 없음을 아는 것이다. 그리고 그들의 도움이 필요하지 않게 된 것에 힘들여 봉사하고, 또는 그 교만함과 악함에 눈이 어두워져 그들이 도울 필요가 없는 것에 봉사했다는 사실을 아는 것이다.　　— 헨리 조지

헨리 조지(1839~1896)
미국의 경제학자로 단일 토지세를 주장한 《진보와 빈곤》을 저술하였다. 19세기 말 영국 사회주의 운동에 커다란 영향을 끼쳐 '조지주의 운동'으로 확산되었다.

0410

종교상 진화의 단계, 즉 루터의 종교개혁에 머물러 있어야만 된다고 생각하는 사람이란, 그가 진리로부터 멀리 떨어져 있음을 가리키는 것이다. 우리에게 부여된 빛은 그저 쳐다보기 위해 있는 것이 아니고 그 빛에 의하여 아직도 우리에게 감추어져 있는 미래의 일을 밝히기 위해 있다.　　　── 밀턴

밀턴(1608~1674)
영국의 시인. 종교개혁 정신의 부흥, 정치적 자유, 공화제 따위를 지지하다가 탄압을 받고, 실명(失明)과 아내를 잃은 비운을 달래면서 대작 《실낙원》을 썼다. 작품에 《복낙원》, 《투기사 삼손》 등이 있다.

도살장으로 끌려가는 동물의 처량한 모습을 보면 어째서 아픔을 느끼는 것일까. 그것은 반항도 하지 못하는 동물을 죽인다는 것이 얼마나 참혹한가를 당신 자신이 마음속으로 느끼기 때문이다. 당신이 깨달은 대로 실행하라. 그리고 육식을 하지 말 것이며, 죄 없는 생물을 죽이며 즐기는 마음을 버려라.

— 스톨우웨

하늘과 땅 위에 있는 온갖 것 그리고 시간을 초월해 이 지상에 있는 모든 것을 아울러 갖고 있는 것이 있으니 그것은 바로 평화이다. 물론 그것은 구체적인 어떤 물건이 아니다. 우리는 그것을 앎이라 하기도 한다. 만약 그것에 명백한 이름을 붙일 필요가 있다면 나는 그것을 무한하고 위대하며 그리고 불멸의 것이라고 부르겠다. ─ 노자

노자(老子 ?~?)
중국 고대의 철학자, 도가의 창시자. 주나라의 쇠퇴를 한탄하고 은퇴할 것을 결심한 후 서방으로 떠났다. 그 도중 관문지기의 요청으로 상하 2편의 책을 써주었다고 한다. 이것을 《노자》라고 하며 《도덕경》이라고도 하는데, 도가 사상의 효시로 일컬어진다.

0413

진실로 신을 아는 사람은 다음과 같은 두 유형의 사람이다. 겸허한 마음으로 비천한 사람들을 사랑하는 자는 그 교양의 높고 낮음에 관계없이 신을 알고 있다. 또 어떤 장애물도 문제 삼지 않으며 두려워하지 않고 진리를 찾을 수 있는 충분한 지혜를 가진 사람들도 신을 알고 있다.   — 파스칼

파스칼(1623~1662)
프랑스의 철학자·수학자. 근대 확률이론을 창시했고, 압력에 관한 원리(파스칼의 원리)를 체계화했으며, 신의 존재는 이성이 아니라 심성을 통해 체험할 수 있다고 가르치는 종교적 독단론을 설파했다. 직관론에 바탕을 둔 그의 사상은 루소와 앙리 베르그송 및 실존주의자 등 후세의 철학자들에게 상당한 영향을 끼쳤다.

진실을 전하기 위해서는 두 사람이 있어야만 한
다. 한 사람은 진리를 말하는 사람이요, 또 한 사람
은 그것을 듣는 사람이다. 진실을 전하는 유일한
방법은 사랑으로써 말하는 것이다. 사랑이 담긴 말
만이 상대방의 귀를 기울이게 할 수 있다. 사리만
을 따져가며 하는 말은 부자연스럽게 들릴 뿐이다.

— 토로

진실로 말한다는 것은 글씨를 잘 쓴다는 것과 같다. 그것은 어느 것이나 다 기술적인 것이라고 할 수 있다. 또 그것은 의지의 문제라기보다 습관의 문제이다. 나는 이와 같은 습관을 기르는데 도움이 되는 모든 기회를 무익한 것이라고는 생각하지 않는다.

— 마르쿠스 아우렐리우스

마르쿠스 아우렐리우스(121~180)
로마제국의 제16대 황제로 5현제(賢帝)의 마지막 황제이며 후기 스토아학파의 철학자로 《명상록》을 남겼다. 당시 경제적·군사적으로 어려운 시기였고 페스트의 유행으로 제국이 피폐하여 그가 죽은 후 로마제국은 쇠퇴하였다.

오로지 자신의 기본적 사상만이 진리와 인생을
본질적으로 누릴 수 있다. 왜냐하면 사람들은 자신
의 기본적 사상만을 근본적으로 이해할 수 있기 때
문이다. 타인의 저서에서 찾아낸 사상은 남의 식탁
에 남은 음식, 남의 몸에 맞는 의복과 같은 것이다.

— 쇼펜하우어

쇼펜하우어(1788~1860)
독일의 철학자. 염세 사상의 대표자로 불린다. 그의 철학은 칸트의 인
식론에서 출발하여 피히테, 셸링, 헤겔 등의 관념론적 철학자를 공격하
였다. 그러나 그 근본적 사상이나 체계의 구성은 같은 '독일 관념론'에
속한다.

기도하기 전에 정신을 집중할 수 있는가 없는가를 알아보라. 그것이 잘 되지 않을 것 같으면 기도는 그만두어라. 기도할 때 비애의 감정이나 태만, 홍소, 들뜬 감정이 조금이라도 남아서는 안 된다. 오직 평온한 마음으로 있을 때에만 기도해야 한다.

— 《탈무드》

《탈무드》

유대인 율법학자들이 사회의 모든 사상(事象)에 대하여 구전·해설한 것을 집대성한 책으로, 유대교의 율법, 전통적 습관, 축제·민간전승·해설 등을 총망라한 유대인의 정신적·문화적 유산이다. 유대교에서는 《토라 *Torah*》라고 하는 '모세의 5경' 다음으로 중요시된다.

왜 우리는 약함을 도와주는 하나의 수단적인 기도를 스스로 회피하는 것일까? 우리를 신 가까이 이르도록 하는 모든 정신적인 노력은 자아에 대한 우리의 생각에서 우리를 해방시켜 준다. 신에게 구원을 청하기만 하면 우리는 구원받을 수 있는 것을 알리라. 신이 우리를 바꾸는 것이 아니다. 우리가 신 가까이 감으로써 스스로 바뀌는 것이다. 우리가 당연한 것을 신에게 바라는 것은 우리 자신이 스스로에게 줄 수 있기 때문이리라. 스스로의 약함을 깨달음으로써 스스로의 힘은 증가한다.

— 루소

루소(1712~1778)
프랑스의 사상가. 프랑스 혁명에서 그의 자유민권 사상은 혁명 지도자들의 사상적 지주가 되었으며 19세기 프랑스 낭만주의 문학의 선구적 역할을 하였다. 작품으로는 《신 엘로이즈》, 《에밀》, 《고백록》 등이 있다.

기도는 집에서 하는 것이 좋다. 여러 사람이 모이면 질투로 인한 집단이나 비방을 피할 수 없기 때문이며 그리고 죄과를 범하기 쉬운 여러 가지 일을 피할 수 없기 때문이다. 부질없는 이야기를 하기 위한 모임에서는 더욱더 기도 같은 것은 하지 않는 편이 낫다.

— 〈탈무드〉

〈탈무드〉
유대인 율법학자들이 사회의 모든 사상(事象)에 대하여 구전·해설한 것을 집대성한 책으로, 유대교의 율법, 전통적 습관, 축제·민간전승·해설 등을 총망라한 유대인의 정신적·문화적 유산이다. 유대교에서는 〈토라 *Torah*〉라고 하는 '모세의 5경' 다음으로 중요시된다.

주의를 기울여 듣고, 슬기롭게 질문하며 조용하게 대답하고, 그 이상 말할 필요가 없을 때 입을 열지 않는 사람은 인생에 있어서 가장 필요한 의의를 깨달은 사람이다.　　　　　— 라하테르

세련된 예술이라 해도 그것이 도덕적 이상과 결부되어 있지 않고 다만 그 자체의 만족에만 파묻혀 있다면 그러한 예술은 그저 쾌락에 도움이 될 뿐이다. 사람들은 쾌락에 빠지고 싶으면 싶을수록 더욱더 이러한 예술을 목표로 하여 뛰어든다. 스스로 느끼는 불만을 쓰러뜨리기 위해서이다. 그러나 그렇게 함으로써 스스로를 무익하고 불만투성이인 것으로 만들어버린다.   — 칸트

칸트(1724~1804)

독일의 철학자로 철학사를 통틀어 가장 위대한 철학자 중 한 사람이다. 칸트는 데카르트에서 시작된 합리론과 베이컨에서 시작된 경험론을 종합했다. 그는 철학적 사유의 새로운 한 시대를 열었다. 인식론·윤리학·미학에 걸친 종합적·체계적인 작업은 뒤에 생겨난 철학들에 큰 영향을 주었다.

진리란 반드시 구체성을 띨 필요는 없다. 진리가 우리의 정신 속으로 파고들어 공감을 주고 그리하여 종소리처럼 힘차고 자비롭게 공간을 울리기만 하면 그것으로 충분하다.   — 괴테

괴테(1749~1832)
독일 고전주의의 대표자로서 세계적인 문학가이며 자연연구가이다. 바이마르 공국의 재상으로도 활약하였다. 《빌헬름 마이스터의 편력시대》,
《파우스트》 등이 있다.

영원한 운명이여, 보이지 않는 걸음으로 걸어라. 그 보이지 않는 발자국을 나는 추호도 의심하지 않을 것이다. 더욱이 그 걸음이 뒷걸음치듯 보일 때에도 나는 그것을 의심하지 않을 것이다.

— 레싱

레싱(1729~1781)
독일의 극작가·비평가. 생애는 부단한 사상 투쟁의 연속이었다. 독일의 계몽사상가 중에는 그 유례를 볼 수 없는 확고부동한 확신과 명석한 지성의 소유자였다. 독일 근대 시민정신의 기수로 평가된다. 주요 저서로 《라오콘》, 《미나 폰 바른헬름》 등이 있다.

일시적으로 곤궁한 상태에 있다고 하더라도 자신의 처지를 천하게 생각하지 마라. 어떠한 처지에 있더라도 그대는 행동하고 고민하여야 한다. 그것이 승리를 거두는 것이다.   — 아미엘

아미엘(1884~1977)
프랑스 극작가. 심리극 전통을 추구하고, 제1차 세계대전 후 '침묵파'로 활약했다. 작품은 《카페 타비》, 《사나이》, 《적령기 여성》, 《모네스체 집안》 등이 있다.

삶이 귀찮아졌다고 해서 죽음을 원해서는 안 된다. 모든 도덕적인 사람들에게 스스로의 사명을 완수하도록 강요하는 것은 그들의 어깨를 누르는 도덕성이다. 이 짐을 무겁지 않게 느낄 수 있는 오직 하나의 길은 자신의 사명을 완수하는 데 있다.

— 에머슨

에머슨(1803~1882)

미국 사상가 겸 시인. 자연과의 접촉에서 고독과 희열을 발견하고 자연의 효용으로서 실리·미·언어·훈련의 4종을 제시했다. 정신을 물질보다도 중시하고 직관에 의하여 진리를 알고, 자아의 소리와 진리를 깨달으며, 논리적인 모순을 관대히 보는 신비적 이상주의였다. 주요 저서에는 《자연론》, 《대표적 위인론》 등이 있다.

인간은 생활에 따라 변하는 것이 아니다. 스스로 느끼는 물질적인 커다란 만족이나 보수 때문에 활기를 띠는 것이고 단지 마음이 육체를 만들어내는 것이다. 그리고 사상만이 개체로 하여금 가치 있는 생활을 하게 한다.　　　　　　　　— 주세페 마치니

주세페 마치니(1805~1872)
이탈리아의 정치지도자. 불굴의 공화주의자로 이탈리아의 통일공화국을 추구하였다. 청년이탈리아당 및 청년유럽당을 결성하고 밀라노 독립운동에도 참가하였으며 빈곤한 망명생활을 하며 여러 차례 군사 행동을 일으켰으나 전부 실패하였다.

평소 지니고 있는 사상의 선하고 악함에 따라 우리는 천당 또는 지옥을 구경하게 된다. 천당 또는 지옥은 하늘이나 땅속에 있는 것이 아니다. 바로 우리의 인생, 즉 삶 속에 있는 천당이며 지옥이다.

— 류시 말로리

인간이 그 앞에서 발을 멈추는 모든 사상은 그가 그것을 말하든 말하지 않든 반드시 그의 생활을 돕기도 하고 해치기도 한다.

— 류시 말로리

살아가는 동안 인간에게는 세 가지의 유혹이 있다. 강하고 거친 육체적 욕망, 스스로 잘났다고 뽐내는 교만함, 격렬하고 불순한 이기심이 바로 그것이다. 이것들로 인해서 인간은 과거로부터 미래에 이르기까지 영원한 불행 속을 헤맨다.

지상에 이 세 가지의 유혹이 없었더라면 보다 완전한 질서가 지배했을 것이다. 이렇게 무서운 사태를 유발시키는 직접적인 원인, 누구나 마음속에 지니고 있는 무서운 병의 싹에 대하여 어떤 수단을 취해야 할 것인가? 이것은 개개인 스스로가 닦아야 하는 수양으로써 해결해야 한다.　　　— 라므네

라므네(1782~1854)
프랑스의 사상가 · 종교철학자. 사상과 문체로 뛰어난 저서 《종교 무관심론》의 간행으로 폭발적 명성을 얻었다. 《입헌민주당》 지를 창간한 후 국민의회 의원으로서 의회에 진출했다. 그의 종교적 사상은 근대 정치적 가톨릭 사상에 자극을 주었다.

타인을 비판하는 사람은 어떤 인간일지라도 용서받을 수 없다. 그것은 어떤 비판이라 할지라도 타인을 비판함으로써 스스로를 비난하기 때문이다. 타인을 비난함으로써 자신도 똑같이 비난받을 짓을 하고 있는 것이다. — 《성경》

〈성경〉
그리스도교의 성전(聖典)으로서 《성경》은 구약과 신약으로 이루어진다. '구(舊)'는 그리스도 이전을 가리키고, '신(新)'은 그리스도 이후의 내용이며, '약(約)'은 인간에 대한 신의 구원의 계약을 의미한다. 또한 성경이나 성서라는 말이 그리스도교에서만 쓰이는 말이 아니고, 다른 종교에서도 성경과 성서라는 낱말로 쓰이고 있음에 주의할 필요가 있다.

'분할하라. 그리하여 지배하라.'

이것은 지상의 모든 전제자나 독재자에게는 공통된 금언이다. 숙명적으로 적이 되어버린 국민 사이의 증오, 지방적인 편견을 조장하여 한 국민을 다른 국민에게 저항하도록 힘쓰는 폭군들은 귀족과 전제주의를 조직하고 지지할 수 있을 따름이다. 사람들에게 자유를 주려면 증오로부터 그들을 끌어올려야 한다. 그 이외의 어떠한 방법으로도 성공할 수는 없다.　　　　　　　　　　　— 헨리 조지

헨리 조지(1839~1896)
미국의 경제학자로 단일 토지세를 주장한 《진보와 빈곤》을 저술하였다. 19세기 말 영국 사회주의 운동에 커다란 영향을 끼쳐 '조지주의 운동'으로 확산되었다.

May

5

사람이 행함은 물과 같은 것이 요구된다. 물은
가로막는 것이 없으면 흐른다. 막혔던 둑을 무너뜨
리면 물은 다시 흐른다. 이와 같은 물의 성질 때문
에 다른 무엇보다도 물은 필요하며 그 힘은 강하다.

— 노자

노자(老子 ?~?)
중국 고대의 철학자, 도가의 창시자. 주나라의 쇠퇴를 한탄하고 은퇴할
것을 결심한 후 서방으로 떠났다. 그 도중 관문지기의 요청으로 상하 2
편의 책을 써주었다고 한다. 이것을 《노자》라고 하며 《도덕경》이라고도
하는데, 도가 사상의 효시로 일컬어진다.

누구나 다 스스로의 내면으로 깊이 파고들수록
자신은 아무 가치 없는 인간이란 생각을 하게 된
다. 성인이 가르치는 맨 처음의 교시는 겸손이다.
겸손에 대하여 그리스도와 그의 사도들은 많은 교
훈을 남겼지만 사람들은 그 가운데 일부밖에는 알
지 못한다. 겸손이란 사람이 스스로를 알려고 했을
때 마음속에 생기는 최초의 감정이다. 겸손은 자신
의 앎을 깊게도 한다. 스스로 약점을 안다는 것은
그 사람 자신에게 힘을 준다.　　　　　　 — 채닝

채닝(1856~1931)

미국의 역사가. 1000년부터 남북전쟁(1861~1865)까지의 미국의 발전
에 관한 기념비적 연구로 유명하다. 목사 윌리엄 엘러리 채닝의 아들
로, 사회진화론의 영향을 받은 그는 미국사를 지배하는 줄기로 당파주
의를 넘어선 통일의 힘을 강조했다. 그의 저서 《미국사 *History of the
United States*》(6권, 1905~1925)는 미국사 저서들 가운데 주요업적으
로 평가받고 있으며 제6권은 역사학 부문 퓰리처상을 받았다.

나는 어떠한 증명도 요구하지 않는다. 단지 신의 기초적인 명제를 받아들일 뿐이다. 그것은 선량한 삶 이외에 인간이 신에 대한 것을 완성할 수 있는 방법이 있다고 생각하는 것이다. 그러나 그것은 종교상의 큰 실책이자 신에 대한 거짓 봉사이다.

— 칸트

칸트(1724~1804)
독일의 철학자로 철학사를 통틀어 가장 위대한 철학자 중 한 사람이다. 칸트는 데카르트에서 시작된 합리론과 베이컨에서 시작된 경험론을 종합했다. 그는 철학적 사유의 새로운 한 시대를 열었다. 인식론·윤리학·미학에 걸친 종합적·체계적인 작업은 뒤에 생겨난 철학들에 큰 영향을 주었다.

우리가 사랑하고 아끼는 물건들 중에는 그것이 미완성이기 때문에 아끼는 것도 있다. 미완성이란 인간의 법칙이다. 거기에는 노력이 필요하며 인간 정의의 법칙으로서 자애가 필요하기 때문에 신에 의하여 정해진 것이다. 완성이란 단지 신에게만 존재할 따름이다. 인간의 지혜는 완성에 가까워질수록 신과 인간과의 사이에 있는 한없는 차이를 더욱 절실히 느낀다. — 러스킨

러스킨(1819~1900)
영국의 비평가·사회사상가. 예술미의 순수감상을 주장하고 '예술의 기초는 민족 및 개인의 성실성과 도의에 있다.'고 하는 자신의 미술원리를 구축해 나갔다.

어떠한 행위가 신의 가르침이기 때문에 지켜야
한다는 생각을 버려라. 그러나 그것이 진심으로부
터 우러나와서 스스로 행해야 한다고 느낄 때에는
그 행위가 신의 가르침이라고 생각하라.

— 칸트

칸트(1724~1804)
독일의 철학자로 철학사를 통틀어 가장 위대한 철학자 중 한 사람이
다. 칸트는 데카르트에서 시작된 합리론과 베이컨에서 시작된 경험론
을 종합했다. 그는 철학적 사유의 새로운 한 시대를 열었다. 인식론·
윤리학·미학에 걸친 종합적·체계적인 작업은 뒤에 생겨난 철학들에
큰 영향을 주었다.

한 인간의 정신적 향상을 방해하는 것은 오로지 그 자신만이 할 수 있는 일이다. 몸이 약하거나 특별한 학문을 닦지 못했다는 점이 정신 본성의 향상을 방해할 수는 없다. 왜냐하면 이 모든 것은 정신 속에 뿌리박고 자라는 사랑에 의하여 정복되기 때문이다. 만약 이런 것이 그 어느 사람에게 방해가 된다면 그것은 단지 그에게 사랑이 결핍되어 있기 때문이다.　　　　　　　　　　— 류시 말로리

지혜로운 사람들은 자신에게 어떠한 이익을 가져다주는 것이라고 해서 사랑하지는 않는다. 사랑한다는 그 자체에서 행복을 느끼기 때문에 사랑하는 것이다. ― 파스칼

파스칼(1623~1662)
프랑스의 철학자 · 수학자. 근대 확률이론을 창시했고, 압력에 관한 원리(파스칼의 원리)를 체계화했으며, 신의 존재는 이성이 아니라 심성을 통해 체험할 수 있다고 가르치는 종교적 독단론을 설파했다. 직관론에 바탕을 둔 그의 사상은 루소와 앙리 베르그송 및 실존주의자 등 후세의 철학자들에게 상당한 영향을 끼쳤다.

May

행복의 입장에서 본다면 인생의 문제는 불안정이다. 우리의 가장 커다란 노력은 우리가 행복해지는 것을 방해하기 때문이다. 의무라는 점에서 생각해도 역시 마찬가지이다. 의무를 다함으로써 평화로워지기는 해도 행복해지지는 않는다. 오직 성스러운 사랑과 신에 대한 믿음이 합쳐져야만 곤란을 소멸시킬 수 있다. 만약 희생이 끊임없이 성장하는, 파괴할 수 없는 기쁨으로 바꾸어진다면 마음은 만족을 보장받을 수 있고 무한한 영예의 보증까지도 얻을 수 있을 것이다. ― 아미엘

아미엘(1884~1977)
프랑스 극작가. 심리극 전통을 추구하고, 제1차 세계대전 후 '침묵파'로 활약했다. 작품은 《카페 타바》, 《사나이》, 《적령기 여성》, 《모네스체 집안》 등이 있다.

우리가 성스러운 지혜에 도달할 수 있는 길은 세 가지가 있다. 그 하나가 사색에 의해서이며, 세 가지 중 이것이 가장 높고 어려운 길이다. 두 번째는 모방으로, 이것은 가장 쉬운 길이다. 마지막으로는 경험에 의한 것으로 이 길이 가장 고통스러운 길이다.

— 공자

공자(BC 552~BC 479)
중국 고대의 사상가, 유교의 시조. 최고의 덕을 인이라고 보았다. 인(仁)에 대한 공자의 가장 대표적인 정의는 '극기복례(克己復禮)' 곧 '자기 자신을 이기고 예에 따르는 삶이 곧 인'이라는 것이다. 그 수양을 위해 부모와 연장자를 공손하게 모시는 효제(孝悌)의 실천을 가르치고, 이를 인의 출발점으로 삼았다.

'신은 초인종을 누르지 않고 들어온다.' 라는 말이 있다. 그 뜻은 우리 인간과 영원과의 사이에는 장벽이 없다는 것, 인간이라는 결과와 신이라는 원인 사이에는 장벽이 없다는 것을 말한다.

— 에머슨

에머슨(1803~1882)
미국 사상가 겸 시인. 자연과의 접촉에서 고독과 희열을 발견하고 자연의 효용으로서 실리 · 미 · 언어 · 훈련의 4종을 제시했다. 정신을 물질보다도 중시하고 직관에 의하여 진리를 알고, 자아의 소리와 진리를 깨달으며, 논리적인 모순을 관대히 보는 신비적 이상주의였다. 주요 저서에는 《자연론》, 《대표적 위인론》 등이 있다.

정신은 스스로 판사가 되기도 하고 검사가 되기도 한다. 이것저것 모든 것을 다 잘 알고 있는 그대의 정신에 상처를 입혀서는 안 된다. 높은 양심의 재판을 더럽혀서는 안 된다. ― 마누

마누(Manu)

인도 신화에 나오는 인류의 시조. 중요한 산스크리트 법전인 《마누법전》의 전설적 저자이다. 마누는 원래 '인간'이라는 뜻인 영어의 man과 관계가 있으며, 산스크리트의 동사 '생각하다.'는 뜻인 man과도 어원상 관계가 있다. 베다에서 첫 번째로 제사를 지낸 사람으로 나오며, 첫 번째 왕으로도 알려져 있다. 중세 인도의 대부분 왕들은 그의 아들(태양의 혈통)이나 딸(달의 혈통)을 통해 그의 후손이 되었다고 한다.

그대는 순간순간 스스로 겉치레의 탈을 벗어버
릴 때가 되었음을 확실하게 믿고 그것을 이해했을
때 정의에 따라 바르게 행동하고 스스로의 운명에
순순히 따르게 된다. 그때서야 비로소 그대는 다른
사람의 언행을 객관적이고 공정하게 관찰할 수 있
게 된다. 그런 것에 대해서는 이미 무관심하게 된
다. 남들이 사소한 일에 신경을 쏟을 때 그대는 오
늘 할 일을 틀림없이 다할 수 있다. 그렇게 함으로
써 사람은 외계로부터 내면의 세계로 옮겨갈 수
있다. 왜냐하면 오로지 하나로 집중되기 때문이다.

— 마르쿠스 아우렐리우스

마르쿠스 아우렐리우스(121~180)
로마제국의 제16대 황제로 5현제(賢帝)의 마지막 황제이며 후기 스토
아학파의 철학자로 《명상록》을 남겼다. 당시 경제적·군사적으로 어려
운 시기였고 페스트의 유행으로 제국이 피폐하여 그가 죽은 후 로마제
국은 쇠퇴하였다.

신의 뜻은 우리 인간이 서로 행복하게 살아가라
는 데 있다. 우리의 불행을 그리고 우리가 죽음 속
에 있기를 신은 원하지 않는다. 사람은 서로 스스
로의 즐거움으로 도울 뿐 슬픔으로 돕는 것은 아
니다.

— 러스킨

러스킨(1819~1900)
영국의 비평가 · 사회사상가. 예술미의 순수감상을 주장하고 '예술의
기초는 민족 및 개인의 성실성과 도의에 있다.'고 하는 자신의 미술원
리를 구축해 나갔다.

우리 일상의 생활은 우리 생각의 결과이다. 우리의 생활은 우리 가슴속에서 그리고 생각 속에서 생성된다. 만일 우리가 악한 생각에 의하여 말하고 행동한다면 번뇌는 끊임없이 마차 바퀴와 말의 관계처럼 붙어 다닐 것이다. 하지만 선량한 생각으로 말하고 행동한다면 기쁨은 결코 우리로부터 떠나지 않을 것이며 그림자같이 언제나 우리와 함께 있을 것이다. — 석가모니

석가모니(BC 563~BC 483)
인도의 불교 창시자. 본래의 성은 고타마, 이름은 싯다르타인데 후에 깨달음을 얻어 붓다(Buddha)라 불리게 되었다. 또한 사찰이나 신도 사이에서는 진리의 체현자(體現者)라는 의미의 여래, 존칭으로서의 세존, 석존 등으로도 불린다.

노동하는 사람의 마음속에는 신의 힘과도 비교할 수 있는 그런 힘이 솟아난다. 신성하며 극락적인 생활력이 솟아나온다. 이 힘은 전능하신 신께서 그 사람의 마음속에 부여하는 것이다. 사람이 아니면 결코 하지 못할 노동에 종사할 때 그는 모든 고귀한 힘에 눈뜨며 지식으로 인도될 수 있다.

— 칼라일

칼라일(1795~1881)

영국의 평론가·역사가. 이상주의적인 사회 개혁을 제창하여 19세기 사상계에 큰 영향을 끼쳤다. 에든버러 대학에서 수학과 신학을 공부하였으며, 그 후 독일 문학 연구를 시작하여 괴테·실러 등의 작품을 영국에 소개하였다. 1838년 《의상 철학》을 발표하였는데, 당시 영국 사회의 산업 만능 사상에 대한 낭만적인 구제책으로 영웅의 힘을 강조하였다. 저서로 《프랑스 혁명사》, 《영웅 숭배론》, 《과거와 현재》 등이 있다.

창조주인 신이 그대의 주인이 될 수 있을 때란 일하는 것이 중요하고 보답이 이차적이 될 때이다. 그와 반대로 일은 이차적이 되고 보답이 더욱 중요하다고 느낄 때에는 그대는 보답의 노예가 되고 말 것이다. 그리하여 그대의 마음은 가장 저속하고 가장 추악한 악마의 소굴이 될 것이다.

— 러스킨

러스킨(1819~1900)
영국의 비평가 · 사회사상가. 예술미의 순수감상을 주장하고 '예술의 기초는 민족 및 개인의 성실성과 도의에 있다.'고 하는 자신의 미술원리를 구축해 나갔다.

노동이란 사람들에게 행복을 주는 것이므로 모든 사람에게 두루 소중하다. 그러므로 자식을 기르며 그들에게 아무 일도 시키지 않고 또 가르치지 않음은 자식들로 하여금 자라서 약탈할 준비를 시키는 것과 조금도 다를 바가 없다. ─《탈무드》

《탈무드》

유대인 율법학자들이 사회의 모든 사상(事象)에 대하여 구전·해설한 것을 집대성한 책으로, 유대교의 율법, 전통적 습관, 축제·민간전승·해설 등을 총망라한 유대인의 정신적·문화적 유산이다. 유대교에서는 《토라 Torah》라고 하는 '모세의 5경' 다음으로 중요시된다.

인생의 길은 하나이다. 그리고 인류의 영원한 희망은 우리 모두가 조만간에 이 길 위에서 하나가 되는 것이다. 우리 모두가 하나로 되는 이 길은 우리 인생의 기초에 너무나 뚜렷이 깔려 있다. 인생의 길은 넓다. 그러나 대개는 이 길에 눈이 미치지 못하고 죽음의 길을 걸어간다.　　　　─ 고골리

고골리(1809~1852)
우크라이나 출신의 러시아 소설가 · 유머작가 · 극작가. 장편 《죽은 혼》과 단편 《외투》로 19세기 러시아 사실주의 전통의 토대를 이루었다.

　살아 있는 모든 것은 고뇌에 떨고 죽음을 두려워하는 법이다. 그대 자신도 살아 있는 것 중의 하나임을 알라. 그러므로 살생을 삼가라. 죽음의 원인은 만들지 마라. 살아 있는 모든 것은 고뇌를 꺼리고 스스로의 생명을 큰 가치 있는 것으로 생각하는 법이다. 그대 자신도 살아 있는 모든 것 중의 하나임을 알라. 그러므로 살생을 삼가라. 죽음의 원인이 되는 일을 피하라.　　　　　　— 석가모니

석가모니(BC 563~BC 483)
인도의 불교 창시자. 본래의 성은 고타마, 이름은 싯다르타인데 후에 깨달음을 얻어 붓다(Buddha)라 불리게 되었다. 또한 사찰이나 신도 사이에서는 진리의 체현자(體現者)라는 의미의 여래, 존칭으로서의 세존, 석존 등으로도 불린다.

우리가 기도를 드리거나 소원 성취를 빌 때마다 신의 의지는 변하는 것이 아니라는 것, 그리고 신의 일을 알고 있으므로 인하여 우리의 마음은 정화되고 고상해진다는 사실을 알지 않으면 안 된다.

— 《탈무드》

《탈무드》

유대인 율법학자들이 사회의 모든 사상(事象)에 대하여 구전·해설한 것을 집대성한 책으로, 유대교의 율법, 전통적 습관, 축제·민간전승·해설 등을 총망라한 유대인의 정신적·문화적 유산이다. 유대교에서는 《토라 Torah》라고 하는 '모세의 5경' 다음으로 중요시된다.

두 개의 영혼이 영원히 결합됨을 서로가 느낄 때
는 참으로 위대하다. 모든 노동이나 험로에 있어서
서로 의지하고, 모든 고뇌에도 서로 위로하며, 그
리고 마지막 이별의 순간에도 서로가 떨어지지 않
기 위하여 결합되기를 원할 때는 진정으로 위대한
것이다. ― 조지 엘리엇

조지 엘리엇(1819~1880)
영국의 여류 소설가. 그녀의 소설은 사실주의의 기법을 따르고 있지만
내용은 사람이 사는 방식에 관하여 그녀만의 독특한 철학을 구체화한
것이다. 《플로스 강의 물레방아》, 《미들마치》 등의 걸작을 내면서 작가
로서의 입지를 굳혔다.

영혼이 육체를 떠나 하늘로 올라갔다. 거기는 공허하고 추운 곳이었다. 그때 무서운 여자가 나타났다. 그녀는 몹시 못난 여자였다.

"당신은 누구요? 더럽고 언짢아! 어느 악마보다 흉한 당신은 대체 누구요?"

하고 영혼이 물었다.

그래서 그녀가 대답했다.

"저는 당신의 행위 바로 그것이에요."

―알다 부하라

과연 그것이 그 사람의 지식이 되었고 적당하게 이해되었는가 하는 문제에 대한 의미 있는 증명은 그 사람이 어떤 질문을 해야 옳은가를 아는 데 달려 있다. 왜냐하면 질문 자체가 어리석어 어리석은 대답이 나올 수 있기 때문이다. 그리고 그러한 질문은 질문한 사람의 수치를 폭로할 뿐만 아니라, 듣는 사람도 그 질문 때문에 할 수 없이 어리석은 대답을 하게 되는 아주 좋지 못한 결과를 초래하기 때문이다. — 칸트

칸트(1724~1804)
독일의 철학자로 철학사를 통틀어 가장 위대한 철학자 중 한 사람이다. 칸트는 데카르트에서 시작된 합리론과 베이컨에서 시작된 경험론을 종합했다. 그는 철학적 사유의 새로운 한 시대를 열었다. 인식론 · 윤리학 · 미학에 걸친 종합적 · 체계적인 작업은 뒤에 생겨난 철학들에 큰 영향을 주었다.

무엇보다도 우선 신의 왕국과 신의 진리를 찾아라. 그때에 비로소 당신은 모든 것을 얻을 수 있으리라. 참되고 건전한 사회를 조직하는 첫걸음은 모든 사람에게 물질계에 대한 그들의 진실하고 평등한, 그리고 편파가 없는 권리를 보증한다. 이것을 얻음은 모든 필요한 것을 다 완수하는 것은 아니지만 그 후의 일을 아주 용이하게 함을 의미한다. 그리고 그것을 얻지 못하는 동안에는 다른 모든 것도 이익을 거두지 못할 것이다. ― 헨리 조지

헨리 조지(1839~1896)
미국의 경제학자로 단일 토지세를 주장한 《진보와 빈곤》을 저술하였다. 19세기 말 영국 사회주의 운동에 커다란 영향을 끼쳐 '조지주의 운동'으로 확산되었다.

0525

자기 자신의 결점을 반성하는 사람에게는 남의 결점을 보고 있을 틈이 없다. 그 사람의 입장에서 보지 않는 한, 남의 일에 대하여 이러니저러니 판단하지 마라.

— 《탈무드》

〈탈무드〉

유대인 율법학자들이 사회의 모든 사상(事象)에 대하여 구전·해설한 것을 집대성한 책으로, 유대교의 율법, 전통적 습관, 축제·민간전승 ·해설 등을 총망라한 유대인의 정신적·문화적 유산이다. 유대교에서 는 《토라 Torah》라고 하는 '모세의 5경' 다음으로 중요시된다.

솔로몬은 남의 빈한함을 기회로 약탈하지 말라고 했는데, 오늘날에 와서는 명백한 사회적 약탈을 자행하고 있다. 즉 빈곤한 자를 이용하여 싼 임금을 지불하고 그 노동을 빼앗는 일이 허다하다. 이와 반대로 부자에게 빼앗는 것은 정당하다고 생각하지만, 그러나 이러한 일은 요즈음 와서 확실히 무익하며 심지어는 위험한 일이기 때문에 조금 생각이 있는 사람은 행하지 않는다.   ― 러스킨

러스킨(1819~1900)
영국의 비평가·사회사상가. 예술미의 순수감상을 주장하고 '예술의 기초는 민족 및 개인의 성실성과 도의에 있다.'고 하는 자신의 미술원리를 구축해 나갔다.

남에게 조금이라도 봉사를 하면 곧 자신도 그 보답을 받을 권리가 있다고 생각하는 사람이 있다. 또한 그렇게는 생각하지 않더라도 늘 자신이 봉사했음을 잊지 않고 기억해 두려 하는 사람들도 있다. 그러나 사심 없이 마음 내키는 대로 봉사하는 사람이 있는데, 이것은 포도나무와 같다. 포도나무 가지는 제 열매를 충분히 기르면서 그것만으로 만족한다.   — 마르쿠스 아우렐리우스

마르쿠스 아우렐리우스(121~180)
로마제국의 제16대 황제로 5현제(賢帝)의 마지막 황제이며 후기 스토아학파의 철학자로 《명상록》을 남겼다. 당시 경제적·군사적으로 어려운 시기였고 페스트의 유행으로 제국이 피폐하여 그가 죽은 후 로마제국은 쇠퇴하였다.

거짓된 교제에는 아무런 대가를 얻을 수 없다. 그러나 아무런 욕심 없이 교제한다면 그대는 감사와 이익을 얻을 것이다.

'스스로의 마음을 인색하게 쓰는 자는 그것을 잃는다. 그러나 신을 위하여 마음을 쓰는 자는 도리어 얻는다.'

이는 모든 사람에 대하여 진실이다.

— 러스킨

러스킨(1819~1900)
영국의 비평가 · 사회사상가. 예술미의 순수감상을 주장하고 '예술의 기초는 민족 및 개인의 성실성과 도의에 있다.'고 하는 자신의 미술원리를 구축해 나갔다.

0529

'공손하다.'고 스스로 말하는 자는 결코 공손하지 못하며, '아무것도 모른다.'라고 말하는 자는 모든 것을 잘 알고 있는 것이다. 그리고 '무엇이나 다 잘 안다.'고 하는 자는 거짓말쟁이이다. 그저 아무 말 하지 않는 자가 가장 현명하고 훌륭한 인간이다.

— 웨터너

나는 정의가 도덕적 생활을 위한 지상의 조건이라고는 생각하지 않는다. 그러나 그것은 최악의 조건이다. 사람들이 정의의 영원성을 인식하지 않는 동안은 사랑의 영원성도 나타나지 않을 것이다. 인간은 참된 관용을 얻기 이전에 정의를 지키지 않으면 안 된다. 그러므로 인간사회는 정의에 기초를 두어야 한다.　　　　　　　　　　— 헨리 조지

헨리 조지(1839~1896)
미국의 경제학자로 단일 토지세를 주장한 《진보와 빈곤》을 저술하였다. 19세기 말 영국 사회주의 운동에 커다란 영향을 끼쳐 '조지주의 운동'으로 확산되었다.

May

0531

이웃에게 정의를 보여라. 그들을 사랑하거나 그렇지 않을지라도 정의를 보이기는 어렵다. 만약 당신이 그들을 사랑하지 않는다는 이유로 그들에게 부정한 짓을 한다면 결코 그들에게서 사랑을 찾지 못하고 끝내는 그들을 잃어버리리라. ― 러스킨

러스킨(1819~1900)
영국의 비평가·사회사상가. 예술미의 순수감상을 주장하고 '예술의 기초는 민족 및 개인의 성실성과 도의에 있다.'고 하는 자신의 미술원리를 구축해 나갔다.

Memo

June

6

착한 사람들이 잘못을 저지르는 경우가 있다. 그것은 나쁜 악의 결과를 피하려고 하면서도, 그들 무리와 악수를 하면서 그들을 그냥 내버려두는 경우이다. 또 간혹 그들과 같이 행동을 할 때도 있다. 아침에 그들은 욕구를 만족시키기 위하여 몇 사람의 윤락한 사람들과 어울려 환담을 나누고 저녁에는 그들과 식사하며 그들의 체험담을 듣는다. 그러면서 부러운 생각을 갖는다. 그리하여 몇 년 동안 애쓴 노력을 단 몇 시간 만에 무너뜨리고 만다.

— 러스킨

러스킨(1819~1900)
영국의 비평가 · 사회사상가. 예술미의 순수감상을 주장하고 '예술의 기초는 민족 및 개인의 성실성과 도의에 있다.'고 하는 자신의 미술원리를 구축해 나갔다.

도덕적으로 도달할 수 있는 표준에서 그 이하로
떨어지거나 또는 그 이상으로 올라가겠다는 욕심
은 고뇌이다. 또 같은 장소에서 움직이지 않고 서
있겠다는 것도 고뇌이다. 그리하여 양심이 편치 않
고 이런 양심의 불편이 차츰 고뇌 그 이상으로 견
디기 어렵게 될 때 인간은 전진하며 도덕적으로
완성된다. ― 스트라호프

오늘날에는 아이를 버린다든지, 검투사들로 하여금 서로 싸우게 한다든지, 죄수를 학대한다든지 그 밖의 야만스러운 행위를 하는 것은 경멸할 일, 수치스러운 일로 생각하게끔 되었다. 이러한 일이 예전에는 아무에게도 비난받을 일, 정의에 반대되는 일로 생각되지 않던 시대가 있었다. 이와 마찬가지로 동물을 살생하여 그 시체를 식탁에 올려놓는 일이 부도덕하고 용서받을 수 없는 것으로 생각되는 시대가 머지않아 올 것이다.　　— 투이멜만

그대에게 고마운 일을 해준 사람들에게 그대가 고마운 일을 다시 해준다고 해서 그것이 왜 감사를 받게 될까? 그것은 죄인이라도 할 수 있는 일이니까 그런 것이다. 보답을 바라고 빌려주는 일이 감사를 받을 리는 만무하다. 그것은 죄인끼리도 서로 할 수 있다. 그러나 그대의 적을 사랑하라. 그리고 보답이 돌아오기를 바라지 말고 베풀어라. 그때에 그대가 받는 보답은 참으로 위대하며, 그대 자신은 참으로 존경받는 자리에 올라설 것이다.

— 《성경》

《성경》

그리스도교의 성전(聖典)으로서 《성경》은 구약과 신약으로 이루어진다. '구(舊)'는 그리스도 이전을 가리키고, '신(新)'은 그리스도 이후의 내용이며, '약(約)'은 인간에 대한 신의 구원의 계약을 의미한다. 또한 성경이나 성서라는 말이 그리스도교에서만 쓰이는 말이 아니고, 다른 종교에서도 성경과 성서라는 낱말로 쓰이고 있음에 주의할 필요가 있다.

참된 그리스도교는 자신에게 가까운 자뿐만 아니라 자신의 적에 대해서도 착한 일을 베푼다. 그리고 자신의 적뿐만 아니라 신의 적에 대해서도 착한 일을 베푼다. 그러므로 그가 사람들에게 베푸는 사랑은 번번이 만족이 아니라 고뇌를 가져온다.

— 파스칼

파스칼(1623~1662)
프랑스의 철학자·수학자. 근대 확률이론을 창시했고, 압력에 관한 원리(파스칼의 원리)를 체계화했으며, 신의 존재는 이성이 아니라 심성을 통해 체험할 수 있다고 가르치는 종교적 독단론을 설파했다. 직관론에 바탕을 둔 그의 사상은 루소와 앙리 베르그송 및 실존주의자 등 후세의 철학자들에게 상당한 영향을 끼쳤다.

조금밖에 모르는 인간이 수다스럽게 떠들어댄다. 지식이 많은 사람은 잠자코 있는 법이다. 조잡한 인간은 자신이 알고 있는 것은 무엇이나 소중한 것이라 생각한다. 그리하여 그것을 아무에게나 말하고 싶어한다. 그러나 진실로 알고 있는 사람은 그 지식을 타인에게 말하기가 곤란함을 잘 알고 있다.

— 루소

루소(1712~1778)
프랑스의 사상가. 프랑스 혁명에서 그의 자유민권 사상은 혁명 지도자들의 사상적 지주가 되었으며 19세기 프랑스 낭만주의 문학의 선구적 역할을 하였다. 작품으로는 《신 엘로이즈》, 《에밀》, 《고백록》 등이 있다.

가장 위대한 학자가 하나의 이론을 들었을 때 그는 그것을 실현하려고 할 것이다. 중간의 학자가 하나의 이론을 들었을 때 때로는 그것을 성찰하기도 하고 때로는 하지 않을 것이다. 가장 어리석은 학자가 하나의 이론을 들었을 때 그는 당장에 조롱할 것이다. 조롱하지 않으면 그로서는 이론이 아닐 것이기 때문이다.

— 노자

노자(老子 ?~?)
중국 고대의 철학자, 도가의 창시자. 주나라의 쇠퇴를 한탄하고 은퇴할 것을 결심한 후 서방으로 떠났다. 그 도중 관문지기의 요청으로 상하 2편의 책을 써주었다고 한다. 이것을 《노자》라고 하며 《도덕경》이라고도 하는데, 도가 사상의 효시로 일컬어진다.

지식이란 두뇌의 음식물이다. 음식물의 육체에 대한 구실처럼 지식도 두뇌에 대하여 마찬가지이다. 음식물과 같이 지혜도 여러 가지로 혼합되고 악용되며 두뇌를 병들게 하는 일도 있다. 달게도 하고 맛나게도 하며 맛있게 하기 위하여 드디어 그 자양적인 의의를 잃어버리는 일도 있다. 그리하여 가장 좋은 두뇌의 음식물인 지식도 과식하면 병이 나서 죽음을 초래하는 법이다.　　— 러스킨

러스킨(1819~1900)
영국의 비평가·사회사상가. 예술미의 순수감상을 주장하고 '예술의 기초는 민족 및 개인의 성실성과 도의에 있다.'고 하는 자신의 미술원리를 구축해 나갔다.

인간은 오래 살수록 많은 일에 부딪치게 된다.
우리는 중대한 시기에 살고 있다. 사람들 앞에 지
금처럼 많은 일이 나타난 때는 없었다. 우리의 시
대를 좋게 표현하면 혁명의 시대라 할 수 있다. 물
질적인 혁명이 아니라 도덕적인 혁명의 시대이다.
사회의 건설과 인간의 완성에 대하여 차츰 높은
사상을 얻고 있다. 우리는 그것을 거두어들일 때까
지 살 수 없을지도 모른다. 그러나 그 신앙과 더불
어 수확이 있음은 큰 행복이다.   — 채닝

채닝(1856~1931)
미국의 역사가. 1000년부터 남북전쟁(1861~1865)까지의 미국의 발전
에 관한 기념비적 연구로 유명하다. 목사 윌리엄 엘러리 채닝의 아들
로, 사회진화론의 영향을 받은 그는 미국사를 지배하는 줄기로 당파주
의를 넘어선 통일의 힘을 강조했다. 그의 저서 《미국사 *History of the
United States*》(6권, 1905~1925)는 미국사 저서들 가운데 주요업적으
로 평가받고 있으며 제6권은 역사학 부문 퓰리처상을 받았다.

0610

당신이 하고 싶어하는 모든 착한 일을 차분히 실행할 수가 없더라도 낙담하거나 실망해서는 안 된다. 만약 당신 자신이 가치 있다고 생각한 높은 곳에서 떨어지거든 또다시 거기로 올라가도록 노력하라. 인생에 있어서의 시련은 겸양으로써 참아라. 그리고 스스로 되돌아서서 자기 자신의 초심으로 돌아가라.

— 마르쿠스 아우렐리우스

마르쿠스 아우렐리우스(121~180)
로마제국의 제16대 황제로 5현제(賢帝)의 마지막 황제이며 후기 스토아학파의 철학자로 《명상록》을 남겼다. 당시 경제적·군사적으로 어려운 시기였고 페스트의 유행으로 제국이 피폐하여 그가 죽은 후 로마제국은 쇠퇴하였다.

어느 사상가의 정의에 의하면 인간이란 영원히 배우는 자이다. 사람은 죽는다. 그러나 그 사람들이 사색한 진리는 그 사람들과 함께 죽어버리지 않는다. 인류는 그런 모든 것을 창고 속에 다 보존해 둔다. 인간은 옛날 사람의 무덤에서 그들의 손에 의하여 얻어진 모든 것을 찾아내서 이용한다. 우리는 태어날 때부터 옛날 사람들의 근로의 열매인 사상과 분위기 속에 살아왔다. 우리는 죽어간다. 그러나 인류의 교육은 느린 듯지만 새벽하늘처럼 그 빛을 더해 가며 완성을 향하여 힘 있고 확실하게, 그리고 진보적으로 전진해 나간다.

— 주세페 마치니

주세페 마치니(1805~1872)
이탈리아의 정치지도자. 불굴의 공화주의자로 이탈리아의 통일공화국을 추구하였다. 청년이탈리아당 및 청년유럽당을 결성하고 밀라노 독립운동에도 참가하였으며 빈곤한 망명생활을 하며 여러 차례 군사 행동을 일으켰으나 전부 실패하였다.

오늘날 그리스도교 형식에 대한 깊은 불만의 소리를 들어보라. 그것은 사회에 퍼져 이야기되고 때로는 노여움 속에서, 때로는 슬픔 속에서 말해지고 있다. 모든 사람이 진정한 신의 왕국이 다가올 것을 갈망한다. 그리고 서서히 다가오고 있다. 현재 그리스도교 이상으로 순수한 그리스도교가 느끼기는 하나 차츰 오로지 그 이름으로만 불릴 수 있는 자리를 차지하고 있다.   ─ 채닝

채닝(1856~1931)
미국의 역사가. 1000년부터 남북전쟁(1861~1865)까지의 미국의 발전에 관한 기념비적 연구로 유명하다. 목사 윌리엄 엘러리 채닝의 아들로, 사회진화론의 영향을 받은 그는 미국사를 지배하는 줄기로 당파주의를 넘어선 통일의 힘을 강조했다. 그의 저서 《미국사 *History of the United States*》(6권, 1905~1925)는 미국사 저서들 가운데 주요업적으로 평가받고 있으며 제6권은 역사학 부문 퓰리처상을 받았다.

하나의 생활에서 계속적인 승리를 얻는 사람을 존경하라. 그런 사람은 무한한 것, 영원한 것을 향하여 나아가며 칭찬뿐만 아니라 곤란에 있어서도 자기 자신에게 지시를 발견하고 있는 사람이다. 특별히 빛나지도 않고 또 빛내려고 하지 않는 사람이다. 그는 또한 미리 알면서도 비방의 과녁이 되는 도덕을 자진해서 지키며, 그것을 파괴하려고 그에게서 떨어진 모든 적들이 자신과 함께 협동할 수 있을 만한 진리를 가려잡는다. 높은 도덕성은 현재적인 법칙에 배반된다.　　　　　— 에머슨

에머슨(1803~1882)

미국 사상가 겸 시인. 자연과의 접촉에서 고독과 희열을 발견하고 자연의 효용으로서 실리·미·언어·훈련의 4종을 제시했다. 정신을 물질보다도 중시하고 직관에 의하여 진리를 알고, 자아의 소리와 진리를 깨달으며, 논리적인 모순을 관대히 보는 신비적 이상주의였다. 주요 저서에는 《자연론》, 《대표적 위인론》 등이 있다.

모든 사람은 타인 속에 자신의 거울을 가지고 있다. 그 거울에 의하여 자신의 죄악이며 결점을 뚜렷하게 비춰볼 수 있다. 그러나 우리들 대부분은 이 거울을 보며 개가 하는 행동을 하고 있다. 즉, 거울에 비치는 것은 자신이 아니라 다른 개라 생각하고, 그 개가 짖어대는 것과 같은 행동을 하고 있는 것이다.　　　　　　　　　　　— 쇼펜하우어

쇼펜하우어(1788~1860)
독일의 철학자. 염세 사상의 대표자로 불린다. 그의 철학은 칸트의 인식론에서 출발하여 피히테, 셸링, 헤겔 등의 관념론적 철학자를 공격하였다. 그러나 그 근본적 사상이나 체계의 구성은 같은 '독일 관념론'에 속한다.

'자기 자신을 알라.'

이것이 기초적인 법칙이다. 그러나 자신을 보고 있다고 해서 자신을 알 수 있는 것일까? 아니다. 당신 아닌 다른 사람이 당신을 바라볼 때 비로소 당신은 자기 자신을 알게 된다. 당신의 힘과 다른 사람의 힘을 비교해 보도록 하라. 다른 사람의 존엄 앞에 머리를 숙이도록 하라. 자기 자신 속에는 아무 특별한 것이 없다고 믿으면서……

— 러스킨

러스킨(1819~1900)

영국의 비평가·사회사상가. 예술미의 순수감상을 주장하고 '예술의 기초는 민족 및 개인의 성실성과 도의에 있다.'고 하는 자신의 미술원리를 구축해 나갔다.

인간은 맹수를 길들이는 사람과 흡사하다. 그리고 그 맹수란 그 사람 자신의 정욕이다. 그러므로 그것의 이빨이나 발톱을 빼버리고 잘 달래어 가축으로 만들어야 한다. 정욕을 가축으로 길들이는 바로 그것이 그 사람 자신에 의한 교육이다.

— 아미엘

아미엘(1884~1977)
프랑스 극작가. 심리극 전통을 추구하고, 제1차 세계대전 후 '침묵파'로 활약했다. 작품은 《카페 타바》, 《사나이》, 《적령기 여성》, 《모네스체 집안》 등이 있다.

인간 속의 정욕은 처음에는 거미줄과 같이 가느다란 줄이지만 그것이 나중에는 굵은 새끼줄이 된다. 정욕은 처음에는 남과 같이 보이다가 나중에는 손님처럼 보이게 된다. 그러다가 마지막에 가서는 집주인이 되어버린다. — 〈탈무드〉

〈탈무드〉
유대인 율법학자들이 사회의 모든 사상(事象)에 대하여 구전·해설한 것을 집대성한 책으로, 유대교의 율법, 전통적 습관, 축제·민간전승·해설 등을 총망라한 유대인의 정신적·문화적 유산이다. 유대교에서는 《토라 *Torah*》라고 하는 '모세의 5경' 다음으로 중요시된다.

베드로가 예수께 와서,

"주님, 제 형제가 저에게 잘못을 저지르면 몇 번이나 용서해 주어야 합니까? 일곱 번이면 되겠습니까?"

하고 묻자 예수께서는 이렇게 대답하였다.

"일곱 번뿐 아니라 일곱 번씩 일흔 번이라도 용서하여라." — 《성경》

《성경》

그리스도교의 성전(聖典)으로서 《성경》은 구약과 신약으로 이루어진다. '구(舊)'는 그리스도 이전을 가리키고, '신(新)'은 그리스도 이후의 내용이며, '약(約)'은 인간에 대한 신의 구원의 계약을 의미한다. 또한 성경이나 성서라는 말이 그리스도교에서만 쓰이는 말이 아니고, 다른 종교에서도 성경과 성서라는 낱말로 쓰이고 있음에 주의할 필요가 있다.

June

어떠한 악일지라도 가볍게 생각해서는 안 된다. 작은 물방울도 모여 큰 그릇을 가득 채운다. 사람은 조금씩 악을 범함으로써 마침내 악으로 꽉 차게 된다. 어떠한 선도 소홀하게 생각하지 마라. 한 방울의 물이 모여 큰 그릇의 물을 채우는 것과 마찬가지로 조금씩 선을 쌓음으로써 성인이 된다.

— 석가모니

석가모니(BC 563~BC 483)
인도의 불교 창시자. 본래의 성은 고타마, 이름은 싯다르타인데 후에 깨달음을 얻어 붓다(Buddha)라 불리게 되었다. 또한 사찰이나 신도 사이에서는 진리의 체현자(體現者)라는 의미의 여래, 존칭으로서의 세존, 석존 등으로도 불린다.

우리 안에는 다른 악이 있기 때문에 덩달아 함께
행하는 악도 많이 있다. 그런 악이란 근원적인 악
을 없애기만 하면 저절로 없어져버린다. 마치 나무
의 밑동을 자르면 가지는 저절로 마르듯이…….

— 파스칼

파스칼(1623~1662)
프랑스의 철학자·수학자. 근대 확률이론을 창시했고, 압력에 관한 원
리(파스칼의 원리)를 체계화했으며, 신의 존재는 이성이 아니라 심성을
통해 체험할 수 있다고 가르치는 종교적 독단론을 설파했다. 직관론에
바탕을 둔 그의 사상은 루소와 앙리 베르그송 및 실존주의자 등 후세
의 철학자들에게 상당한 영향을 끼쳤다.

영국의 어떤 작가가 모든 인간을 세 계층으로 나누었다. 노동자와 거지, 그리고 도둑이 그것이다. 이 분류는 항상 스스로를 고귀한 신분이라고 부르는 계급에 속한 사람들에게는 실례가 될 것이다. 그러나 경제적인 입장에서 볼 때 이 분류는 정확하다. 인간이 부를 모으는 길은 세 가지밖에 없다. 일하거나, 남이 베푸는 동정을 받거나, 훔치거나 하는 세 가지이다. 힘써 일하는 사람이 언제나 정당한 대우를 받지 못하는 것은 거지와 도둑이 그렇게도 많기 때문이다.

— 헨리 조지

헨리 조지(1839~1896)

미국의 경제학자로 단일 토지세를 주장한 《진보와 빈곤》을 저술하였다. 19세기 말 영국 사회주의 운동에 커다란 영향을 끼쳐 '조지주의 운동'으로 확산되었다.

인간이 행복해질 수 있는 방법과 수단이 예전보다 많아졌다. 이런 방법이나 수단에 대하여 우리 조상들은 무엇 하나 알지 못했다. 그러나 지금 우리는 행복한가? 만약 어느 특수한 소수의 사람이 정도 이상으로 행복해진다면 대다수의 사람들은 그만큼 불행해진다. 인생에 있어 행복에 이를 수 있는 여러 가지 수단이 단지 몇몇의 부자들에게 있다는 것은 대다수의 사람들로 하여금 자신은 불행하다고 생각하게끔 만든다. 남의 행복을 파괴함으로써 얻는 행복이 어찌 참된 행복이 될 수 있겠는가.

— 루소

루소(1712~1778)
프랑스의 사상가. 프랑스 혁명에서 그의 자유민권 사상은 혁명 지도자들의 사상적 지주가 되었으며 19세기 프랑스 낭만주의 문학의 선구적 역할을 하였다. 작품으로는 《신 엘로이즈》, 《에밀》, 《고백록》 등이 있다.

June

0623

부자들이여! 당신들 이웃인 가난한 사람들을 위하여 눈물을 흘려라, 슬퍼하라, 당신들의 부는 쌓이기만 해서 썩고 있다. 당신들의 화려한 옷들은 좀이 쏠고 있다. 당신들의 금은보화는 녹이 슬고 있다. 그것들은 당신들을 배반할 것이다. 불과 같이 당신들의 살을 태울 것이다.   —《성경》

《성경》

그리스도교의 성전(聖典)으로서 《성경》은 구약과 신약으로 이루어진다. '구(舊)'는 그리스도 이전을 가리키고, '신(新)'은 그리스도 이후의 내용이며, '약(約)'은 인간에 대한 신의 구원의 계약을 의미한다. 또한 성경이나 성서라는 말이 그리스도교에서만 쓰이는 말이 아니고, 다른 종교에서도 성경과 성서라는 낱말로 쓰이고 있음에 주의할 필요가 있다.

　　그리스도교의 근본정신은 그리스도의 간략한 가르침에 의한 간단명료한 사실이다. 그것은 순수한 도덕성, 순수한 종교, 인간에 대한 사랑이며 온갖 제한을 없애버린 신에 대한 사랑이다. 그 신앙의 주요 모토는 하느님과 같이 완전해지라는 것이다. 그 신앙의 유일한 형식은 신에 대한 생활, 즉 가장 착한 일을 가장 좋은 방법에 의하여 가장 좋은 목적을 위하여 행하는 것이다. 　　　　— 바로켈

이론에 밝은 학자들에 있어서의 방법론적 논쟁
이란 언어상으로만 불확실한 의의를 더할 뿐이다.
해결하기 어려운 문제를 그들이 그렇게 해서 해결
한다는 것은 일반적으로 인정되어 있는 것에 불과
하다.
— 칸트

칸트(1724~1804)
독일의 철학자로 철학사를 통틀어 가장 위대한 철학자 중 한 사람이
다. 칸트는 데카르트에서 시작된 합리론과 베이컨에서 시작된 경험론
을 종합했다. 그는 철학적 사유의 새로운 한 시대를 열었다. 인식론·
윤리학·미학에 걸친 종합적·체계적인 작업은 뒤에 생겨난 철학들에
큰 영향을 주었다.

어느 학문이고 간에 덮어놓고 그 학문을 변호하려는 사람들이 있다. 그런 사람들은 거의 언제나 바로 그 학문에 몰입했다가 자신도 모르게 결점을 발견한다.

— 리히텐베르크

리히텐베르크(1742~1799)
독일의 물리학자 · 계몽주의 사상가. '리히텐베르크 도형'을 발견하였고, 1778년부터 《괴팅겐 포켓연감》을 발행, 여기에 많은 자연과학 및 철학 논문을 수록 · 발표하였다.

0627

자신의 사상을 나타내려고 조급히 서두르는 작가들이 있다. 그들은 옳지 못하다. 만일 작가 스스로 지닌 사상을 가장 적합한 말로 표현할 수 있다면 그는 언제나 전체를 보다 낫게 하는 데 있어서 그 사명을 다했다고 볼 수 있으며, 비평가의 주의를 끌 만한 충분한 가치가 있다.

— 리히텐베르크

리히텐베르크(1742~1799)
독일의 물리학자 · 계몽주의 사상가. '리히텐베르크 도형'을 발견하였고, 1778년부터 《괴팅겐 포켓연감》을 발행, 여기에 많은 자연과학 및 철학 논문을 수록 · 발표하였다.

어두운 밤이 하늘의 빛을 덮어 가리는 것과 같이
우리를 에워싸는 빈곤이나 불행의 어둠은, 인생에
있어서의 모든 아름다움과 의의를 우리의 눈으로
부터 가려버린다.   ― 토로

고뇌, 고뇌로 해서 정신은 발달한다. 고뇌 없이는 성장을 기대할 수 없으며 향상도 불가능하다. 인생은 고뇌를 겪음으로써 불멸의 경지에 이른다. 병고, 쇠퇴, 환멸, 몰락, 헤어짐 등의 모든 것은 처음에는 다시 찾을 수 없는 손실처럼 생각된다. 그러나 세월이 지남에 따라 이런 손실 속에 깊이 가려져 있는 끈기 있는 회복력이 서서히 나타나기 시작한다.

— 에머슨

에머슨(1803~1882)

미국 사상가 겸 시인. 자연과의 접촉에서 고독과 희열을 발견하고 자연의 효용으로서 실리·미·언어·훈련의 4종을 제시했다. 정신을 물질보다도 중시하고 직관에 의하여 진리를 알고, 자아의 소리와 진리를 깨달으며, 논리적인 모순을 관대히 보는 신비적 이상주의였다. 주요 저서에는 《자연론》, 《대표적 위인론》 등이 있다.

June

0630

남을 위하여 좋은 일을 하는 사람은 착한 사람이다. 착한 일을 위하여 고생까지 감내하는 사람이라면 더욱 그러하다. 만약 그가 착한 일을 했던 사람 때문에 고생한다면 더욱더 그렇다. 그리고 그 사람이 착한 일을 계속하기 위하여 전보다 심한 고통을 겪는다면 그는 더없이 착한 사람이다. 만일 그가 그 일로 인해 죽는다면 그는 위대한 영웅이다.

— 라브뤼예르

라브뤼예르(1645~1696)
프랑스의 모럴리스트. 부르봉 왕가의 방계 중 가장 큰 권세를 자랑하던 콩데 가의 가정교사였다. 《사람은 가지가지》의 정치적 풍자는 18세기의 문학을 예고하고 있다. 《정숙주의에 관한 대화》도 유명하다.

July

7

　사람에게 남의 행복을 위하여 스스로의 이익을 버리는 것보다 더 큰 행복은 없다. 그것은 곧 영원한 행복을 위하는 길이다. 사람들이 스스로의 이기적인 욕심을 버리기 위하여 힘쓴다면 사람들은 갈망하던 행복을 얻을 것이다.　　　— 류시 말로리

July

죽은 것은 이미 죽은 것으로서 영원의 일부가 된
것이다. 죽은 자는 무덤의 저쪽에서 우리와 이야기
할 수 있을 것 같다. 그리고 그 이야기는 우리에게
신의 명령과도 같이 지상 명령으로 들려올 것이다.
항상 맑은 정신으로 생이 지나감을, 그리고 무덤이
자기 앞에 열려짐을 깨닫는 자는 뜻 깊은 순간에
이를 것이다. 그때 그 천성적인 본질은 그 모습을
나타내지 않을 수 없을 것이며, 그 안에 존재하는
신도 그 모습을 나타내지 않을 수 없다.

— 아미엘

아미엘(1884~1977)
프랑스 극작가. 심리극 전통을 추구하고, 제1차 세계대전 후 '침묵파'
로 활약했다. 작품은 《카페 타바》, 《사나이》, 《적령기 여성》, 《모네스체
집안》 등이 있다.

인간의 노동에는 일정한 조건이 있다. 그 하나는 우리의 목적이 먼 곳에 있으면 있을수록, 그리고 우리가 자신의 근로의 결과를 보고 싶다는 생각이 적으면 적을수록, 우리의 성공 정도는 더더욱 크고 넓은 것으로 성립된다.

— 러스킨

러스킨(1819~1900)

영국의 비평가 · 사회사상가. 예술미의 순수감상을 주장하고 '예술의 기초는 민족 및 개인의 성실성과 도의에 있다.'고 하는 자신의 미술원리를 구축해 나갔다.

토지는 자연이 인간에게 베푼 최고의 선물이다.
이 토지 위에 삶을 얻은 우리 인간은 토지를 소유
할 권리를 갖고 있다. 이러한 소유 권리는, 아이들
이 어머니 품에 의존하는 특권과 마찬가지로 자연
스러운 것이다.   — 마르몽텔

마르몽텔(1816~1898)
프랑스의 피아니스트·작곡가·교육가. 파리음악원에서 유명한 교육자
로서 조르주 비제, 아실 C. 드뷔시 등의 많은 음악가를 배출했다. 소나
타와 에튀드, 피아노 소품 등 많은 피아노곡을 썼으며 음악 이론서도
저술했다.

인간이 숙박업소에서 자려면 값을 지불해야 한
다. 공기와 물과 태양빛은 다만 넓은 길 위에 있기
때문에 모든 인간의 것이다. 규범으로 인간에게 인
정된 유일한 권리는 저 넓은 길을 걸어갈 수 있는
것이다. 피곤 때문에 다리가 잘 움직여지지 않을
때에는 더욱더 힘써 걸어야 한다. 인간은 한 곳에
머물러 있을 수 없기 때문이다.   — 알렌

모험은 안정보다 더 위대하며, 삶에는 아직도 개척해야 할 영토가 무
궁무진하다.
                                        — 알렌

0706

나는 대지를 위하여 태어났다. 그러므로 대지는 내 일과 거주를 위하여 필요한 것을 그 속에서 얻을 수 있도록 해준다. 나는 내 몫을 요구할 권리를 가지고 있다.

— 에머슨

에머슨(1803~1882)
미국 사상가 겸 시인. 자연과의 접촉에서 고독과 희열을 발견하고 자연의 효용으로서 실리·미·언어·훈련의 4종을 제시했다. 정신을 물질보다도 중시하고 직관에 의하여 진리를 알고, 자아의 소리와 진리를 깨달으며, 논리적인 모순을 관대히 보는 신비적 이상주의였다. 주요 저서에는 《자연론》, 《대표적 위인론》 등이 있다.

얼마나 빨리 당신 앞에 죽음이 다가오는 것일까?
그러나 당신이 허위와 정욕에서 해방될 수 없는
동안에, 그리고 또 이 세상의 표면적인 것이 그대
를 해칠 수 있다는 편견에서 떠날 수 없는 당신은
사람에게 친절해질 수 없으리라.

— 마르쿠스 아우렐리우스

마르쿠스 아우렐리우스(121~180)
로마제국의 제16대 황제로 5현제(賢帝)의 마지막 황제이며 후기 스토
아학파의 철학자로 《명상록》을 남겼다. 당시 경제적·군사적으로 어려
운 시기였고 페스트의 유행으로 제국이 피폐하여 그가 죽은 후 로마제
국은 쇠퇴하였다.

만약 인간의 영혼이 형상이 없는 것이라면 육체의 사후에도 생존할 것이다. 만약 인간의 영혼이 육체의 사후에도 생존하는 것이라면 신의 존재는 설명할 수 있다. 사람들은 이 세상의 생활에서 그 생활의 반을 살며, 그보다 높은 영혼의 생활은 죽음과 함께 시작된다. 그러나 나는 어떤 곳에 그 생활이 존재하는가를 알지 못한다. 내 두뇌는 제한되어 있으며, 무한한 사상을 이해할 수도 없다.

— 루소

루소(1712~1778)
프랑스의 사상가. 프랑스 혁명에서 그의 자유민권 사상은 혁명 지도자들의 사상적 지주가 되었으며 19세기 프랑스 낭만주의 문학의 선구적 역할을 하였다. 작품으로는 《신 엘로이즈》, 《에밀》, 《고백록》 등이 있다.

법칙에 반대되는 일을 하는 인간은 죽음과 동시에 자신의 생활도 완전히 끝난다고 생각한다. 이런 인간은 대개 악을 범하기 쉬운 경향을 갖는다.

—석가모니

석가모니(BC 563~BC 483)

인도의 불교 창시자. 본래의 성은 고타마, 이름은 싯다르타인데 후에 깨달음을 얻어 붓다(Buddha)라 불리게 되었다. 또한 사찰이나 신도 사이에서는 진리의 체현자(體現者)라는 의미의 여래, 존칭으로서의 세존, 석존 등으로도 불린다.

현대에서 잔학성은 여러 가지 가르침으로써 한 층 더 커진다. 그 가르침은 악으로 생각되는 모든 것이 결국은 행복으로 전환된다고 말해 사람들의 이기주의를 미묘하게 자극한다. 그리고 그 가르침은 실질적으로 다음과 같은 결과를 가져온다. 우리 스스로가 불쾌한 일을 직접 겪는 모든 것을 피하기 위하여 진심으로 노력해도 다른 사람들이 그런 짓을 하는 바람에 곧 손쉽고 안이하게 그 죄악의 결과를 자신도 따라가게 된다. ─ 러스킨

러스킨(1819~1900)
영국의 비평가·사회사상가. 예술미의 순수감상을 주장하고 '예술의 기초는 민족 및 개인의 성실성과 도의에 있다.'고 하는 자신의 미술원리를 구축해 나갔다.

성인은 악을 범할까 두려워한다. 악에서 악이 생긴다. 그러므로 악은 불보다 무섭다. 적에게 악을 행하지 않는 것이 가장 위대한 도덕이다. 정의는 다른 사람을 멸망시키려 하는 사람을 멸망시킨다. 악을 범하지 마라. 아무리 불행하다고 할지라도 그 때문에 악을 행해도 좋다는 구실은 되지 못한다. 만약 악을 범한다면 그로 인하여 한층 더 불행해질 것이다.   ― 인도 금언

인도

남부 아시아에 있는 나라로, 1857년 무굴 제국이 멸망한 후 영국의 직할 식민지로 편입되었다. 1947년 8월 15일 영국의 지배를 벗어나 힌두권인 인도와 이슬람권인 파키스탄이 각각 영국연방의 자치령으로 독립하였고, 1950년 자치령의 지위에서 벗어났다.

악인도 자신이 범한 악이 무르익지 않을 때까지
는 행복할 수 있다. 사람이여, 자신과 악이 전혀 관
계없다는 생각은 하지 마라. 한 방울 한 방울의 물
이 모여 물통을 가득 채우는 것과 같이 조그마한
어리석음이 차츰 모이는 동안에 악으로 가득해지
는 것이다. 악은 그 악을 범한 자에게 바람에 날리
는 먼지와 같이 되돌아온다. 하늘과 바다, 깊은 산
속 그 어느 곳이나 이 세상인 이상 인간이 악한 일
에서 벗어날 장소는 없다.　　　　　— 드하마파다

옛날에 그대가 성인을 멸시하고 성인과 같은 생활을 하지 않았는데도 사람들이 성인과 같은 명예를 그대에게 준 일이 있다면, 그리고 그것을 이제 와서 생각해 내고 그대가 괴로움을 느낀다 할지라도 슬퍼한다면 잘못이다. 지금 사람들이 그대를 성인으로 잘못 보지만 않는다면 그것은 한층 더 좋은 일이다. 만약 그대가 지금 양심이 명하는 바에 따라서 생활할 수만 있다면 그보다 더 큰 만족은 없을 것이다.   — 마르쿠스 아우렐리우스

마르쿠스 아우렐리우스(121~180)
로마제국의 제16대 황제로 5현제(賢帝)의 마지막 황제이며 후기 스토아학파의 철학자로 《명상록》을 남겼다. 당시 경제적·군사적으로 어려운 시기였고 페스트의 유행으로 제국이 피폐하여 그가 죽은 후 로마제국은 쇠퇴하였다.

식물이 키는 자랐는데 꽃이 피지 않을 때가 있다. 또 꽃만 피고 열매가 열리지 않을 때도 있다. 진실을 알고 있는 사람은 진실을 사랑하고 있다고 말해도 좋다. 그러나 진실을 사랑하고 있다 해도 사랑으로써 진실을 행하고 있다고는 말할 수 없다.

— 공자

공자(BC 552~BC 479)
중국 고대의 사상가, 유교의 시조. 최고의 덕을 인이라고 보았다. 인(仁)에 대한 공자의 가장 대표적인 정의는 '극기복례(克己復禮)' 곧 '자기 자신을 이기고 예에 따르는 삶이 곧 인'이라는 것이다. 그 수양을 위해 부모와 연장자를 공손하게 모시는 효제(孝悌)의 실천을 가르치고, 이를 인의 출발점으로 삼았다.

어른이 아이에게 지배되고 성인이 광인에게 지배된다면 자연 법칙에 어긋나는 일이다. 그와 같이 한 사람은 배불러 있는데, 여러 사람들은 굶주리며 생활에 꼭 필요한 것까지도 갖지 못한다는 사실은 역시 자연 법칙에 어긋난다.　　　　　　　　　　— 루소

루소(1712~1778)
프랑스의 사상가. 프랑스 혁명에서 그의 자유민권 사상은 혁명 지도자들의 사상적 지주가 되었으며 19세기 프랑스 낭만주의 문학의 선구적 역할을 하였다. 작품으로는 《신 엘로이즈》, 《에밀》, 《고백록》 등이 있다.

그리스도의 가르침이란 사람들은 모두 평등하다는 것이다. 신은 아버지이며 사람들은 형제라는 것이다. 이 가르침으로 세상에 아직 남아 있는 기적적인 폭군 제도는 송두리째 제거된다.

이 가르침으로 노예들을 구속하는 쇠사슬은 끊겨버리고, 특수층을 위하여 군중이 노동함으로써 그들 소수를 호화스럽게 살 수 있도록 하는 가능성을 주는 허위, 흑인 검둥이라는 노예를 소유하도록 용인하는 허위는 산산이 깨져버린다. 이것이야말로 그리스도교가 추구해야 할 시급한 의무이다.

특권 계급의 사람들이 그리스도교를 신봉하면서도 이 가르침이 깨뜨릴 수 없는 확고한 것임을 느낄 때, 그들은 스스로 그리스도교를 내버리려고 한다. 그래서 그리스도교는 처음의 참된 그리스도교가 획득했던 승리를 저버리고, 지금은 공공연히 특권 계급의 봉사자가 되어버렸다.   — 헨리 조지

　행복의 근원은 스스로의 마음속에 있다. 그것을
다른 데서 찾으려는 사람은 어리석다. 그는 양을
찾아다니는 양치기와 마찬가지이다. 왜 우리는 돌
을 쌓아 거대한 제단을 만드는 것일까? 신은 자신
의 마음속에 살고 있는데 왜 그런 수고를 하는 것
일까? 생명 없는 온갖 우상보다는 차라리 집 지키
는 개가 낫다. 샛별과도 같은 빛이 모든 인간의 마
음속에 깃들어 있다. 이 빛이 우리가 갈망하던 안
식처이다.

— 부에마나

0718

지혜를 가르칠 때는 용기를 내라. 그것은 사나이 다울 수 있는 기회이다. 그리고 그럴 때 우리는 행복하다. 그때 용기만 낼 수 있다면 우리는 행복해진다. 사람들이 우리에게 위험을 알려주고 우리와 같이 행동하기를 거절하고, 우리와 맞서서 반대의 입장을 취하더라도 행복하다.　　　　— 콘웨이

콘웨이(1832~1907)

미국의 성직자 · 작가 · 노예 폐지론자. 그는 적극적으로 노예 폐지운동에 참여했으며, 도망노예 정착촌을 세우기까지 했다. 1862년 보스턴의 반(反)노예제 신문 〈코먼웰스〉의 공동 편집인이 되었으며, 매우 다양한 주제를 다룬 70여 권 이상의 책과 팸플릿을 썼다. 학술적인 저서로는 《토머스 페인의 생애》, 《토머스 페인 저작집》 등이 있고, 그의 《자서전》은 19세기 명사들의 면모를 보여주는 귀중한 자료이다.

영혼이 어떤 것일까 하고 나는 생각한다. 그것은 우리가 생각하던 곳이 아닌, 전혀 다른 곳에 살고 있다. 즉 육체 속에 영혼이 있다고 생각할 때 그것을 이해하기는 곤란하다. 그러나 영혼이 그 육체를 떠나 하늘로, 우리의 아버지에게로 돌아갈 것이라고 생각할 때 그것은 이해하기가 쉽다.   — 키케로

키케로(BC 106~BC 43)
고대 로마의 문인 · 철학자 · 변론가 · 정치가. 보수파 정치가로서 카이사르와 반목하여 정계에서 쫓겨나 문필에 종사했다. 카이사르가 암살된 뒤에 안토니우스를 탄핵한 후 원한을 사서 안토니우스의 부하에게 암살되었다. 수사학의 대가이자 고전 라틴 산문의 창조자이다.

이해하기 어렵다는 점에서 신이 존재한다는 말과 신은 존재하지 않는다는 말이 같다. 육체 속에 영혼이 있다는 말도 우리에게 영혼은 없다는 말과 같다. 이 세계가 창조된 것이라는 말도 창조된 것이 아니라는 말과 같다.　　　　　　 ─ 파스칼

파스칼(1623~1662)
프랑스의 철학자·수학자. 근대 확률이론을 창시했고, 압력에 관한 원리(파스칼의 원리)를 체계화했으며, 신의 존재는 이성이 아니라 심성을 통해 체험할 수 있다고 가르치는 종교적 독단론을 설파했다. 직관론에 바탕을 둔 그의 사상은 루소와 앙리 베르그송 및 실존주의자 등 후세의 철학자들에게,상당한 영향을 끼쳤다.

　신을 믿는다는 것은 본능이다. 그것은 두 발로 인간이 걷듯 인간의 천성 속에 있고 사람에 따라 바뀌거나 질식된 상태로써 깨달을 수 없기도 하다. 그러나 그것은 언제나 존재하는 것이며, 사물을 인식하는 힘의 충실을 위하여 불가피한 일반적인 진실이다. 신 안에서 살며 자기 자신 가운데서 신을 알라. 신을 말로써 정의하려 하지 마라.

— 리히텐베르크

리히텐베르크(1742~1799)
독일의 물리학자 · 계몽주의 사상가. '리히텐베르크 도형'을 발견하였고, 1778년부터 《괴팅겐 포켓연감》을 발행, 여기에 많은 자연과학 및 철학 논문을 수록 · 발표하였다.

0722

습관은 어떤 것일지라도 결코 좋은 것이 아니다.
올바른 행실에 의한 습관이라 할지라도 그렇다. 그
것이 습관으로 굳은 것이기 때문에 올바른 행실
그 자체까지도 도덕적인 것이 되지 못한다.

— 칸트

칸트(1724~1804)
독일의 철학자로 철학사를 통틀어 가장 위대한 철학자 중 한 사람이
다. 칸트는 데카르트에서 시작된 합리론과 베이컨에서 시작된 경험론
을 종합했다. 그는 철학적 사유의 새로운 한 시대를 열었다. 인식론·
윤리학·미학에 걸친 종합적·체계적인 작업은 뒤에 생겨난 철학들에
큰 영향을 주었다.

조급히 굴지 마라. 어떠한 짐을 지더라도 그것이 좋은 일에 도움을 주도록 하라. 모든 것으로부터 당신의 슬기로운 생활에 필요한 것을 찾아내도록 하라. 창자가 음식물 중에서 영양분이 되는 것을 가려내듯, 그리고 불에 무엇이 던져지면 거세게 타오르듯이.

— 마르쿠스 아우렐리우스

마르쿠스 아우렐리우스(121~180)
로마제국의 제16대 황제로 5현제(賢帝)의 마지막 황제이며 후기 스토아학파의 철학자로 《명상록》을 남겼다. 당시 경제적·군사적으로 어려운 시기였고 페스트의 유행으로 제국이 피폐하여 그가 죽은 후 로마제국은 쇠퇴하였다.

단순하지만 도덕적이며 고결한 마음가짐으로 눈에 잘 띄지 않는 의무를 성실히 이행하는 것은 그인간의 성질을 굳세게 해준다. 그 사람은 두려움 없이, 이 세상의 잡음 속에서라도, 아니 불기둥 위에서일지라도 행해야 할 행위를 할 수 있다.

— 에머슨

에머슨(1803~1882)

미국 사상가 겸 시인. 자연과의 접촉에서 고독과 희열을 발견하고 자연의 효용으로서 실리·미·언어·훈련의 4종을 제시했다. 정신을 물질보다도 중시하고 직관에 의하여 진리를 알고, 자아의 소리와 진리를 깨달으며, 논리적인 모순을 관대히 보는 신비적 이상주의였다. 주요 저서에는 《자연론》, 《대표적 위인론》 등이 있다.

　　성장이란 천천히 이루어지는 과정이지 정력적인 폭발은 아니다. 별안간 일어나는 충동으로 어떻게 과학의 모든 영역을 알겠는가. 또한 충동적인 후회로 어떻게 죄악을 이길 수 있겠는가. 정신적인 진보의 수단으로는, 오로지 슬기로운 가르침으로 인도된 끊임없는 인내와 노력 이외에는 아무것도 없다.

— 채닝

채닝(1856~1931)

미국의 역사가. 1000년부터 남북전쟁(1861~1865)까지의 미국의 발전에 관한 기념비적 연구로 유명하다. 목사 윌리엄 엘러리 채닝의 아들로, 사회진화론의 영향을 받은 그는 미국사를 지배하는 줄기로 당파주의를 넘어선 통일의 힘을 강조했다. 그의 저서 《미국사 *History of the United States*》(6권, 1905~1925)는 미국사 저서들 가운데 주요업적으로 평가받고 있으며 제6권은 역사학 부문 퓰리처상을 받았다.

생활을 꿈이라고 생각할 수 있는 것에 의심할 여지는 없다. 그리고 죽음을 각성이라고 생각하는 데 있어서도 역시 의심할 바 없다. 하지만 우리의 자아나 개성이 항상 꿈에 속하며 흐리멍덩한 의식 속에 있을 때에는 죽음이란 우리의 모든 일에 대하여 파멸이라고 생각할 수 없다.   — 쇼펜하우어

쇼펜하우어(1788~1860)
독일의 철학자. 염세 사상의 대표자로 불린다. 그의 철학은 칸트의 인식론에서 출발하여 피히테, 셸링, 헤겔 등의 관념론적 철학자를 공격하였다. 그러나 그 근본적 사상이나 체계의 구성은 같은 '독일 관념론'에 속한다.

나는 생각한다. 모든 정상적인 두뇌는 다음과 같은 것을 확신하고 있다고. 만약 개성적이며 의식적인 생활이 언제까지나 이어지는 편이 낫다고 한다면 계속될 것이며, 좋지 않다면 끊어질 것이며, 우리에게 모두 보이는 것이 좋을 것이라고 여길 때는 보일 것이라는 것을 확신하고 있다. 하지만 신으로부터 내가 받은, 볼 수 있는 모든 것이 내게 보이지 않는 모든 것을 믿도록 강요하고 있다.

— 에머슨

에머슨(1803~1882)

미국 사상가 겸 시인. 자연과의 접촉에서 고독과 희열을 발견하고 자연의 효용으로서 실리·미·언어·훈련의 4종을 제시했다. 정신을 물질보다도 중시하고 직관에 의하여 진리를 알고, 자아의 소리와 진리를 깨달으며, 논리적인 모순을 관대히 보는 신비적 이상주의였다. 주요 저서에는 《자연론》, 《대표적 위인론》 등이 있다.

사람은 누구나 죽음이 무엇인지 알지 못한다. 또한 죽음이 사람에게 있어서 가장 훌륭한 선이라는 것도 알지 못한다. 오히려 모든 사람들은 죽음을 가장 큰 악이라고 여기며 두려워하고 있다.

— 플라톤

플라톤(BC 427~BC 347)
고대 그리스의 철학자, 형이상학의 수립자. 소크라테스만이 진정한 철학자라고 생각하였다. 영원불변의 개념인 이데아를 통해 존재의 근원을 밝히고자 했다. 그의 작품은 1편을 제외하고 모두가 논제를 둘러싼 철학 논의이므로 《대화편》이라 불린다.

　만일 신이 사람들에게 어느 것이든 마음대로 선택하라고 한다면, 지금 곧 죽든지 아니면 언제까지라도 가난과 병마에 시달리며 살아가든지 또는 권력과 부와 건강과 만족을 누리면서 그러나 항상 그것들을 빼앗길까 두려워하는 공포 속에 살든지, 그 중 어느 것을 선택하겠느냐고 할 때 사람들은 망설일 것이다. 그러나 자연은 쉽게 해결해 주고 있다. 어느 것을 택해야 할지 모르는 곤란을 인간들에게서 없애준다.

― 라브뤼예르

라브뤼예르(1645~1696)
프랑스의 모럴리스트. 부르봉 왕가의 방계 중 가장 큰 권세를 자랑하던 콩데 가의 가정교사였다. 《사람은 가지가지》의 정치적 풍자는 18세기의 문학을 예고하고 있다. 《정숙주의에 관한 대화》도 유명하다.

인간의 생활에 있어서는 어느 한계가 있지 않으면 안 된다. 나무의 열매나 땅과 같이, 시간과 같이 모든 것은 시작되고 계속되며 지나가야만 한다. 슬기로운 사람이라면 자발적으로 이 원칙에 따를 것이다. 신에게 도전했던 거인의 옛이야기에는 항상 그 거인의 발작에 대하여 쓰여 있다. 즉 자연의 법칙에 반항한 이야기가 쓰여 있다. — 키케로

키케로(BC 106~BC 43)
고대 로마의 문인 · 철학자 · 변론가 · 정치가. 보수파 정치가로서 카이사르와 반목하여 정계에서 쫓겨나 문필에 종사했다. 카이사르가 암살된 뒤에 안토니우스를 탄핵한 후 원한을 사서 안토니우스의 부하에게 암살되었다. 수사학의 대가이자 고전 라틴 산문의 창조자이다.

대부분의 인간은 자기만족에 지나치게 집착한다. 그 결과 만족할 수 없을 때 비탄에 잠긴다. 언제나 기쁨을 그대로 느낄 수 있고 그 기쁨의 원인이 없어지더라도 낙담하지 않는 사람만이 올바르다.

— 파스칼

파스칼(1623~1662)
프랑스의 철학자 · 수학자. 근대 확률이론을 창시했고, 압력에 관한 원리(파스칼의 원리)를 체계화했으며, 신의 존재는 이성이 아니라 심성을 통해 체험할 수 있다고 가르치는 종교적 독단론을 설파했다. 직관론에 바탕을 둔 그의 사상은 루소와 앙리 베르그송 및 실존주의자 등 후세의 철학자들에게 상당한 영향을 끼쳤다.

Memo

August

8

비굴한 표정을 짓느니 차라리 목숨을 끊는 것이 낫다. 남의 부로써 사치스럽게 사느니보다 가난하게 사는 편이 낫다. 부잣집 문 앞에서 얼씬거리지 않고 애원하는 목소리로 울지 않는 것, 이것이 훌륭한 생활이다. — 인도의 금언

인도
남부 아시아에 있는 나라로, 1857년 무굴 제국이 멸망한 후 영국의 직할 식민지로 편입되었다. 1947년 8월 15일 영국의 지배를 벗어나 힌두권인 인도와 이슬람권인 파키스탄이 각각 영국연방의 자치령으로 독립하였고, 1950년 자치령의 지위에서 벗어났다.

나는 생각한다. '잘 되겠다고 노력하는 그 이상
으로 잘 사는 방법은 없다. 그리고 실제로 잘 되어
간다고 느끼는 이상으로 큰 만족은 없다.' 라고. 이
것은 내가 오늘날까지 겪어온 행복이다. 그리고 그
것이 행복인 것은 내 양심이 증명하고 있다.

— 소크라테스

소크라테스(BC 470~BC 399)
고대 그리스의 철학자. 그때까지의 그리스 철학자들은 우주의 원리를
묻곤 했다. 소크라테스에서 비로소 자신과 자기 근거에 대한 물음이
철학의 주제가 되었다. 이런 의미에서 소크라테스는 내면(영혼의 차원)
철학의 시조라 할 수 있다.

우리는 제도와 문화와 문명의 시대에 살고 있다. 그러나 덕성의 시대는 어림도 없는 아주 먼 곳에 살고 있다. 현재와 같은 상태를 눈앞에 볼 때에 국가의 행복은 사람들의 불행과 정비례해서 성장한다고 말할 수 있다. 우리에게는 이런 문화를 갖고 있지 않은 원시 시대가 현재보다 훨씬 더 행복하지 않았을까 하는 생각도 든다. 사람들을 도덕적이며 예지적으로 만들지 않고서 어찌 그들을 행복하게 할 수 있겠는가?

— 칸트

칸트(1724~1804)
독일의 철학자로 철학사를 통틀어 가장 위대한 철학자 중 한 사람이다. 칸트는 데카르트에서 시작된 합리론과 베이컨에서 시작된 경험론을 종합했다. 그는 철학적 사유의 새로운 한 시대를 열었다. 인식론·윤리학·미학에 걸친 종합적·체계적인 작업은 뒤에 생겨난 철학들에 큰 영향을 주었다.

때로는 한 사람의 권력자가 다른 권력자를 먼저 공격한다. 이는 다른 권력자가 자신을 먼저 공격할까 봐 그러는 것이다. 전쟁이란 적이 너무 강하기 때문에 일어나기도 하며 약하기 때문에 일어나기도 한다. 때로는 이웃 나라가 갖지 못한 것을 우리가 갖고 있을 수 있고, 우리가 갖지 못한 것을 이웃 나라가 갖고 있을 수도 있다. 전쟁은 여기서 싹튼다. 전쟁은 그들이 원하는 것을 소유하거나 우리가 그것을 내던져줄 때까지 계속된다.

— 조너선 스위프트

조너선 스위프트(1667~1745)
영국의 풍자 작가 · 성직자 · 정치평론가. W. 템플의 비서로서의 생활은 후년의 풍자 작가 스위프트의 성격 형성에 크게 영향을 미쳤다. 정계와 문단의 배후 실력자로 존재하기도 했다. 주요 저서로 《걸리버 여행기》 등이 있다.

0805

 우리의 영혼 속에는 그 무엇인가가 존재하고 있
다. 우리가 그것에 대하여 적당한 주의만 기울인다
면 언제나 놀랄 만한 위대한 것임을 알 수가 있다.
즉 그것은 바로 우리 내면에 자리 잡고 있는 도덕
성이다.
— 칸트

칸트(1724~1804)
독일의 철학자로 철학사를 통틀어 가장 위대한 철학자 중 한 사람이
다. 칸트는 데카르트에서 시작된 합리론과 베이컨에서 시작된 경험론
을 종합했다. 그는 철학적 사유의 새로운 한 시대를 열었다. 인식론 ·
윤리학 · 미학에 걸친 종합적 · 체계적인 작업은 뒤에 생겨난 철학들에
큰 영향을 주었다.

당신은 젊다. 그래서 정념과 욕망의 시기에 있는 것이다. 이때 무엇보다도 먼저 자기 자신의 양심의 소리를 들어라. 그리고 그것을 무엇보다도 가장 존경하라. 정념 때문에, 욕망 때문에 양심에서 벗어나는 일이 없도록 하라.

다른 사람들의 꼬임 때문에 또는 법률이라고 불리는 습관 때문에 양심에서 멀어지는 일이 없도록 하라. 항상 자신의 행동이 자신의 양심과 일치하고 있는지를 자문하라.

양심이 명하는 대로 용감하게 행동하라. 그리고 항상 헌신적으로 행동하여 세상 사람들에게서 떨어지는 일이 없도록 하라. ― 파커

평화란 어떠한 식으로 나타나든지 아름다운 것이다. 그러나 평화와 예속과의 사이에는 큰 차이가 있다. 평화란 무엇에 의하든지 파괴되지 않는 자유이다. 그러나 예속은 악 중에서도 가장 해롭고 추악한 것이다. 우리는 죽을 때까지, 힘이 닿는 데까지 이것과 싸워야 한다.   — 키케로

키케로(BC 106~BC 43)
고대 로마의 문인·철학자·변론가·정치가. 보수파 정치가로서 카이사르와 반목하여 정계에서 쫓겨나 문필에 종사했다. 카이사르가 암살된 뒤에 안토니우스를 탄핵한 후 원한을 사서 안토니우스의 부하에게 암살되었다. 수사학의 대가이자 고전 라틴 산문의 창조자이다.

나는 자유로이 받아들일 수 있는, 그러나 보이지 않는 본원의 내면적 동기에 따라서만 행동하는 사람을 자유인이라고 부르고 싶다. 또한 나는 습관에 예속되지 않고 낡은 세대의 도덕에 만족하지 않고, 일정한 법칙에 갇혀버리지 않으며, 양심의 소리에 귀를 기울이며, 새로우며, 보다 높은 문제로 나아가는 것에 즐거움을 느끼는 사람을 자유인이라고 부르고 싶다.　　　　　　　　　　　— 채닝

채닝(1856~1931)
미국의 역사가. 1000년부터 남북전쟁(1861~1865)까지의 미국의 발전에 관한 기념비적 연구로 유명하다. 목사 윌리엄 엘러리 채닝의 아들로, 사회진화론의 영향을 받은 그는 미국사를 지배하는 줄기로 당파주의를 넘어선 통일의 힘을 강조했다. 그의 저서 《미국사 *History of the United States*》(6권, 1905~1925)는 미국사 저서들 가운데 주요업적으로 평가받고 있으며 제6권은 역사학 부문 퓰리처상을 받았다.

남에게 훌륭하다고 칭찬받기 위하여 살지 마라.
자기 스스로가 훌륭하다고 생각할 수 있게 살아라.
남이 그대를 흉보는 것을 두려워하는 것은 허영에
지나지 않는다.   — 류시 말로리

남의 결점에 대해서는 고통을 느끼고 참을 수 없다고 느끼면서, 자기 자신이 저지른 똑같은 결점에 대해서는 아무런 주의도 하지 않는다. 사람들은 남의 잘못을 말하면서 그것이 무서운 것이라고 생각은 하지만 그것이 자기 자신의 그림자가 된다는 것을 깨닫지는 못한다. 만약에 우리가 남을 통하여 자기 자신을 돌아볼 용기를 가지고 있다면 자신의 결점을 고치기가 얼마나 쉬울 것인가!

— 라브뤼예르

라브뤼예르(1645~1696)

프랑스의 모럴리스트. 부르봉 왕가의 방계 중 가장 큰 권세를 자랑하던 콩데 가의 가정교사였다. 《사람은 가지가지》의 정치적 풍자는 18세기의 문학을 예고하고 있다. 《정숙주의에 관한 대화》도 유명하다.

태양은 끊임없이 그 빛을 온 세상 구석구석에까지 내리쬔다. 이 세상의 빛과 같이 그대의 이성의 빛도 모든 방법으로 비추지 않으면 안 된다. 그리고 방해물을 만나더라도 겁내지 말고 조용하게 비추어라. 그러면 그 빛을 받은 모든 것은 그 빛에 싸이고 그 빛을 거절하는 자만이 혼자 어둠 속에 남는다.

— 마르쿠스 아우렐리우스

마르쿠스 아우렐리우스(121~180)
로마제국의 제16대 황제로 5현제(賢帝)의 마지막 황제이며 후기 스토아학파의 철학자로 《명상록》을 남겼다. 당시 경제적·군사적으로 어려운 시기였고 페스트의 유행으로 제국이 피폐하여 그가 죽은 후 로마제국은 쇠퇴하였다.

이성이 가르치는 대로 따르는 자는 큰 행복을 얻는다. 그 행복은 모든 사람들에게 공통된 것이다. 모든 사람이 다 같이 그 행복을 향유할 수 있는 것이다. 가령 이 행복으로 통하는 길이 아주 복잡하게 얽혀 있는 것같이 생각되더라도 그 길을 찾을 수는 있다. 그러나 그것은 쉽게 찾아지는 것이 아니기 때문에 그 길을 찾는 사람은 극히 드물다. 사실 구원의 길이 모든 사람들의 눈앞에 있으며 힘들이지 않고 찾을 수만 있다면, 도리어 사람들은 그것을 대단하게 여기지 않을 것이다. 아름다운 것은 모두에게 다가가기 어려운 것이다. 그리고 흔한 것이 아니다.　　　　　　　　　　　 ― 스피노자

자신은 할 수 없다고 생각하고 있는 동안은 그것을 하기 싫다고 다짐하고 있는 것이다. 그러므로 그것은 실행되지 않는 것이다.

― 스피노자

　이 세상에 존재하는 것과 비교하여 볼 때, 인간은 약한 갈대에 지나지 않는다. 그러나 인간은 이성을 부여받은 갈대이다. 우리의 모든 재화와 보물은 이성 속에 포함되어 있다. 이성만이 우리를 다른 것보다 높여줄 수 있다. 이성을 존중하고 지지하자. 이성은 모든 우리의 생활을 비추어주며 무엇이 선이며 무엇이 악인가를 우리에게 가르쳐줄 것이다.

— 파스칼

파스칼(1623~1662)

프랑스의 철학자·수학자. 근대 확률이론을 창시했고, 압력에 관한 원리(파스칼의 원리)를 체계화했으며, 신의 존재는 이성이 아니라 심성을 통해 체험할 수 있다고 가르치는 종교적 독단론을 설파했다. 직관론에 바탕을 둔 그의 사상은 루소와 앙리 베르그송 및 실존주의자 등 후세의 철학자들에게 상당한 영향을 끼쳤다.

참된 생활이란, 외부 세계에 대변혁이 일어났을 때이다. 여러 사람이 동원되고 충돌하고, 싸우고 죽이고 하는 것에 있는 것이 아니다. 참된 생활은 오직 거의 눈에 보이지 않는 어떤 변화가 일어났을 때에만 시작되는 것이다. 어떠한 정치적 연금술을 쓴다 할지라도 납덩이 같은 본능을 황금 같은 행위로 보이게 할 수는 없다.   ― 스펜서

스펜서(1820~1903)
영국의 철학자·사회학자. 다윈의 진화론에 입각하여 생물학, 심리학, 윤리학을 종합한 철학 체계를 수립하였으며, 사회 유기체설을 주창하고 사회의 발전을 진화론적으로 설명하였다. 저서에 《종합 철학 체계》가 있다.

　많은 사람들은 세계보다는 자기 자신을 구제할 것을, 인류보다는 자기 자신을 해방할 것을 바라고 있다. 그럼 그들은 세계를 구하기 위하여, 또는 인류를 해방시키기 위하여 과연 얼마나 많은 노력을 기울일 수 있을까?

　　　　　　　　　　　　　　　　　　— 게르센

모든 진리는 그 바탕에 신을 지니고 있다. 진리가 인간 속에 나타날 때도 그 나타난 진리는 인간 속에서 생겨난 것이 아니다. 다만 인간이 진리를 나타내는 투명성을 가졌음을 밝혀줄 따름이다.

— 파스칼

파스칼(1623~1662)

프랑스의 철학자·수학자. 근대 확률이론을 창시했고, 압력에 관한 원리(파스칼의 원리)를 체계화했으며, 신의 존재는 이성이 아니라 심성을 통해 체험할 수 있다고 가르치는 종교적 독단론을 설파했다. 직관론에 바탕을 둔 그의 사상은 루소와 앙리 베르그송 및 실존주의자 등 후세의 철학자들에게 상당한 영향을 끼쳤다.

빗물이 물통 속에서 흘러넘치면 우리는 빗물이 물통에서 흘러나오는 거라고 착각한다. 그러나 빗물은 하늘에서 떨어지는 것이다. 이와 같은 일은 독실한 신자들이 우리에게 행하는 설교 속에도 일어나고 있다. 언뜻 보면 설법이 그 사람들로부터 나오고 있는 것처럼 느껴진다. 그러나 그 가르침은 신으로부터 나오는 것이다.   — 라마크리슈나

라마크리슈나(1836~1886)
인도의 종교인. 토타프리라는 수행자의 설교에 큰 감화를 받아 수행을 시작했다. 이슬람교, 그리스도교 등 모든 종교에 똑같은 진실성이 있다는 것을 깨달아 가르쳤다. 그의 사후에 '라마크리슈나 미션'이 설립되어 세계 각지에 그의 가르침이 전파되었다.

솔로몬과 욥은 인간의 우둔함―한 사람은 행복
의 극치에 이르러 있는데 다른 한 사람은 불행의
구렁텅이를 헤매며, 어떤 사람은 쾌락에 지쳐 싫증
을 내고 있는데 다른 사람은 비참한 현실에 얽매
여 있다는 것―을 어느 누구보다도 잘 알고 있었
다. 또한 그 점에 대하여 이 세상의 어느 누구보다
도 더 자주 이야기했다.   ― 파스칼

파스칼(1623~1662)
프랑스의 철학자·수학자. 근대 확률이론을 창시했고, 압력에 관한 원
리(파스칼의 원리)를 체계화했으며, 신의 존재는 이성이 아니라 심성을
통해 체험할 수 있다고 가르치는 종교적 독단론을 설파했다. 직관론에
바탕을 둔 그의 사상은 루소와 앙리 베르그송 및 실존주의자 등 후세
의 철학자들에게 상당한 영향을 끼쳤다.

도대체 언제쯤 그대는 육체적 인간이 아닌 정신적 인간이 될 수 있겠는가? 또한 그대는 언제쯤 만인을 사랑하는 행복을 추구할 것인가? 또한 그대는 언제쯤 자신의 행복을 위하여 사람들이 그대에게 죽음으로써 헌신하는 것을 필요로 하지 않고 인생에 대한 높은 이해에 의하여 스스로를 비애나 육욕으로부터 해방시킬 수 있겠는가? 언제쯤 그대는 참된 행복이 항상 당신의 힘 속에 있고, 그것이 자연의 아름다움이나 타인과의 관계에 의한 것이 아님을 깨달을 것인가? — 마르쿠스 아우렐리우스

마르쿠스 아우렐리우스(121~180)
로마제국의 제16대 황제로 5현제(賢帝)의 마지막 황제이며 후기 스토아학파의 철학자로 《명상록》을 남겼다. 당시 경제적·군사적으로 어려운 시기였고 페스트의 유행으로 제국이 피폐하여 그가 죽은 후 로마제국은 쇠퇴하였다.

도덕적인 면으로 완성의 길에 이르려거든 먼저 마음을 깨끗이 하는데 힘쓰도록 하라. 마음의 순결은 마음이 바른 것을 희구하고, 의지가 선으로 향할 때에만 나타난다. 그러나 그것은 모두 참된 지식의 유무에 달려 있다.   ― 공자

공자(BC 552~BC 479)
중국 고대의 사상가, 유교의 시조. 최고의 덕을 인이라고 보았다. 인(仁)에 대한 공자의 가장 대표적인 정의는 '극기복례(克己復禮)' 곧 '자기 자신을 이기고 예에 따르는 삶이 곧 인'이라는 것이다. 그 수양을 위해 부모와 연장자를 공손하게 모시는 효제(孝悌)의 실천을 가르치고, 이를 인의 출발점으로 삼았다.

0821

신은 우리에게 진리와 안일, 둘 중 하나를 자유로이 선택하게 했다. 둘 가운데 어느 것을 택하든 그건 자유이지만 두 개를 동시에 취할 수는 없다. 사람들은 이 둘 사이를 방황한다. 안일을 택한 자는 그가 처음으로 접한 신앙과 철학, 그의 아버지로부터 배운 것으로 기울어질 것이다. 그리고 안일과 이득과 사회적인 숭배를 얻을 것이다. 하지만 그는 진리에 대해서는 아무것도 얻지 못할 것이다.

— 에머슨

에머슨(1803~1882)

미국 사상가 겸 시인. 자연과의 접촉에서 고독과 희열을 발견하고 자연의 효용으로서 실리 · 미 · 언어 · 훈련의 4종을 제시했다. 정신을 물질보다도 중시하고 직관에 의하여 진리를 알고, 자아의 소리와 진리를 깨달으며, 논리적인 모순을 관대히 보는 신비적 이상주의였다. 주요 저서에는 《자연론》, 《대표적 위인론》 등이 있다.

마음의 구원을 위하여, 육신을 갖춘 그리스도를
반드시 알아야 할 필요는 없다. 그러나 신의 아들
즉 만물, 특히 인간의 마음속에, 그리고 무엇보다
도 훌륭하게 그리스도 속에 나타난 영원한 신의
예지를 깨닫는다는 것은 필요하다. 이 예지 없이는
그 누구도 행복을 얻을 수는 없다. 예지는 우리에
게 무엇이 진실이며 무엇이 허위인지, 선이란 무엇
이며 악이란 또 어떤 것인가를 가르쳐주는 것이기
때문이다.　　　　　　　　　　　　　　— 스피노자

스피노자(네덜란드의 철학자 1632~1677)
네덜란드의 철학자. 데카르트 철학에서 결정적 영향을 받았다. '모든
것이 신이다.'라고 하는 범신론의 사상을 역설하면서도 유물론자·무
신론자였다. 그의 신이란 그리스도교적인 인격의 신이 아니고, 신은 즉
자연이었기 때문이다.

아무리 관대한 인간일지라도 우리가 그를 신으로 섬길 수 없음은, 미칠 수 없는 본원으로서의 신에 대한 우리의 이해가 한없이 깊은 것이기 때문이다. 우리와 같은 인간 속에서 발견되는 그러한 인간 천성에 대한 우리의 평가가 너무 낮기 때문은 아니다.

— 칼라일

칼라일(1795~1881)

영국의 평론가 · 역사가. 이상주의적인 사회 개혁을 제창하여 19세기 사상계에 큰 영향을 끼쳤다. 에든버러 대학에서 수학과 신학을 공부하였으며, 그 후 독일 문학 연구를 시작하여 괴테 · 실러 등의 작품을 영국에 소개하였다. 1838년 《의상 철학》을 발표하였는데, 당시 영국 사회의 산업 만능 사상에 대한 낭만적인 구제책으로 영웅의 힘을 강조하였다. 저서로 《프랑스 혁명사》, 《영웅 숭배론》, 《과거와 현재》 등이 있다.

한쪽 발에 찔린 가시를 뽑기 위해서는 다른 발에 의지해 그 발의 힘을 빌려 가시를 뽑아낼 수 있다. 그러나 그 일이 끝나면 그 발도 다른 발도 잊어버릴 것이다. 이와 같이 신에 속하는 자아를 어둡게 만들려는 어리석음을 제거하기 위해서만 지식은 필요하다. 지식 그 자체가 결코 독립적인 가치를 가진 것은 아니다. 그것은 하나의 수단에 불과하다.

— 브라만교 성전

브라만교

고대 인도에서 브라만 계급을 위주로 《베다》를 근거로 하여 생성된 종교로, 한자어로 바라문(婆羅門)이며 특정 교조가 없는 것이 특징.

지혜를 보잘것없이 사용하는 사람들은 어둠 속에서는 보이나 대낮에는 장님인 부엉이와 같다. 그들의 지혜는 과학적인 무기 발명 등에 쓰일 때는 매우 날카롭지만 진리의 빛 가운데에서는 눈이 멀어버린다.

— 피타쿠스

이 세상은 유일한 하나의 법칙을 따르고 있다. 그리고 모든 이성적인 존재 속에 있는 것은 단 하나의 이성 그것이다. 그러므로 진리는 하나뿐이며, 따라서 이성적인 사람들에게는 완전에 대한 이해도 오로지 하나뿐이다. ― 마르쿠스 아우렐리우스

마르쿠스 아우렐리우스(121~180)
로마제국의 제16대 황제로 5현제(賢帝)의 마지막 황제이며 후기 스토아학파의 철학자로 《명상록》을 남겼다. 당시 경제적·군사적으로 어려운 시기였고 페스트의 유행으로 제국이 피폐하여 그가 죽은 후 로마제국은 쇠퇴하였다.

성인은 자기 자신의 감정을 갖고 있지 않다. 타인의 감정이 곧 그의 감정이다. 그는 선행에 선으로 대하며, 악행에도 선으로 대한다. 그는 믿음이 있는 자에게 믿음으로 대하며, 믿음이 없는 자에게도 믿음으로 대한다. 성인은 이 세상에 살며, 사람들과의 관계에 마음을 쓴다. 그는 모든 사람들을 위하여 생각한다. 그래서 모든 사람들의 마음과 눈은 그에게 집중된다.

— 노자

노자(老子 ?~?)
중국 고대의 철학자, 도가의 창시자. 주나라의 쇠퇴를 한탄하고 은퇴할 것을 결심한 후 서방으로 떠났다. 그 도중 관문지기의 요청으로 상하 2편의 책을 써주었다고 한다. 이것을 《노자》라고 하며 《도덕경》이라고도 하는데, 도가 사상의 효시로 일컬어진다.

문명이 그대를 어디다 던져버린다 할지라도 그대의 본질, 정신생활은 그대와 함께 있을 것이다. 그리고 또한 그대가 자기 자신의 존재 계율에 대하여 신념을 가질 때에는 언제나 자유와 힘이 넘친다. 이 세상의 어떠한 외적인 행복이나 위대한 것도 사람이 다른 사람과의 정신적 일치를 깨뜨리고 사람들과의 결합을 방해함으로써 자기 자신의 정신적 존엄을 파괴하는 것에 해당할 만큼 값비싼 것은 없다. 그렇게 엄청난 희생을 지불하고 그대는 무엇을 얻었는가? 나는 그것을 보고 싶다.

— 마르쿠스 아우렐리우스

마르쿠스 아우렐리우스(121~180)
로마제국의 제16대 황제로 5현제(賢帝)의 마지막 황제이며 후기 스토아학파의 철학자로 《명상록》을 남겼다. 당시 경제적·군사적으로 어려운 시기였고 페스트의 유행으로 제국이 피폐하여 그가 죽은 후 로마제국은 쇠퇴하였다.

0829

자신의 의무를 수행하는 데에서 기쁨을 발견하는 사람, 계율을 두려움 때문에 복종하는 것이 아니라 복종하지 않으면 안 된다고 생각해 계율에 복종하며 자기 자신의 판단에 의지할 뿐 그 밖에 아무것도 의지하지 않고 인생을 살아가는 사람의 생활은 자유이다.

— 키케로

키케로(BC 106~BC 43)
고대 로마의 문인 · 철학자 · 변론가 · 정치가. 보수파 정치가로서 카이사르와 반목하여 정계에서 쫓겨나 문필에 종사했다. 카이사르가 암살된 뒤에 안토니우스를 탄핵한 후 원한을 사서 안토니우스의 부하에게 암살되었다. 수사학의 대가이자 고전 라틴 산문의 창조자이다.

어떤 사상에 얽매이는 것은 땅에 박힌 말뚝에 잡혀서 결박되는 것과도 같다. 그 말뚝에 붙들어 맨 줄의 길이에 따라 그 사람의 자유 범위는 결정된다. 모든 사람의 행복을 위한 어떤 한 사상에 매여 있는 사람이 이 세상에서 가장 자유로운 사람이다.

— 류시 말로리

정욕의 불꽃이 타는 대로 좇아가는 사람, 향락에 굶주린 사람, 육욕이 점점 크게 자라는데도 방치해 두는 사람, 이와 같은 사람은 스스로 자신을 쇠사슬로 결박 짓는 사람이다. 반면, 편안한 기쁨만을 생각하고 이 세상을 깊이 연구하여 다른 사람이 행복이라고 생각하지 않는 곳에서 행복을 찾아내는 사람은 그 죽음의 쇠사슬을 끊는 사람이다. 또한 그러한 사람만이 항상 그것을 풀 줄 아는 사람이다.

— 석가모니

석가모니(BC 563~BC 483)
인도의 불교 창시자. 본래의 성은 고타마, 이름은 싯다르타인데 후에 깨달음을 얻어 붓다(Buddha)라 불리게 되었다. 또한 사찰이나 신도 사이에서는 진리의 체현자(體現者)라는 의미의 여래, 존칭으로서의 세존, 석존 등으로도 불린다.

Memo

September

9

September

0901

비록 하찮은 일일지라도 선한 일을 하기에 힘쓰고 그리고 모든 죄로부터 벗어나라. 왜냐하면 하나의 선한 일은 그 배후에 또 다른 선한 일을 이끌어오며, 하나의 죄는 또 다른 하나의 죄를 낳기 때문이다. 도덕의 보수는 도덕이다. 그러나 죄에 대한 벌은 죄이다.

— 《탈무드》

《탈무드》
유대인 율법학자들이 사회의 모든 사상(事象)에 대하여 구전·해설한 것을 집대성한 책으로, 유대교의 율법, 전통적 습관, 축제·민간전승·해설 등을 총망라한 유대인의 정신적·문화적 유산이다. 유대교에서는 《토라 *Torah*》라고 하는 '모세의 5경' 다음으로 중요시된다.

부끄러움을 모르는 사람, 또 이기적이고 교활하며 남을 비난하는 대담한 악인에게는 산다는 것이 용이하게 생각될 것이다. 그리고 끊임없이 죄 없는 생활로 정진하며 항상 친절하고 지혜롭고 이기심이 없는 사람에게는 생활이 괴로운 것으로 생각될 것이다. 그러나 그것은 모두 표면적이다. 전자는 언제나 여러 가지 일로 마음을 괴롭히고 있다. 그러나 후자는 언제나 마음이 편안하다.

— 석가모니

석가모니(BC 563~BC 483)
인도의 불교 창시자. 본래의 성은 고타마, 이름은 싯다르타인데 후에 깨달음을 얻어 붓다(Buddha)라 불리게 되었다. 또한 사찰이나 신도 사이에서는 진리의 체현자(體現者)라는 의미의 여래, 존칭으로서의 세존, 석존 등으로도 불린다.

악한 일을 한 사람은 자신이 괴로워한다. 죄에 이긴 사람만이 모든 죄에서 몸을 깨끗하게 할 수 있다. 깨끗한 사람이 되는 것도 부정한 사람이 되는 것도 모두 스스로에게 달렸다. 다른 어떤 사람도 그대를 구원할 수는 없다.　　　　－ 석가모니

석가모니(BC 563~BC 483)
인도의 불교 창시자. 본래의 성은 고타마, 이름은 싯다르타인데 후에 깨달음을 얻어 붓다(Buddha)라 불리게 되었다. 또한 사찰이나 신도 사이에서는 진리의 체현자(體現者)라는 의미의 여래, 존칭으로서의 세존, 석존 등으로도 불린다.

뿌린 것은 거두어들이게 되어 있다. 사람을 때리면 그대는 괴로울 것이다. 남에게 봉사하라. 그러면 사람들은 그대에게 봉사할 것이다. 만약 그대가 한평생을 걸고 타인에게 봉사한다면 아무리 교활한 사람일지라도 그 보상을 그대에게 하지 않을 수 없을 것이다.   — 에머슨

에머슨(1803~1882)
미국 사상가 겸 시인. 자연과의 접촉에서 고독과 희열을 발견하고 자연의 효용으로서 실리 · 미 · 언어 · 훈련의 4종을 제시했다. 정신을 물질보다도 중시하고 직관에 의하여 진리를 알고, 자아의 소리와 진리를 깨달으며, 논리적인 모순을 관대히 보는 신비적 이상주의였다. 주요 저서에는 《자연론》, 《대표적 위인론》 등이 있다.

　당신의 마음속에서 빛이 사라져버렸을 때 검은 그림자가 그대의 그림자 위에 떨어진다. 이 무서운 그림자에 주의하라.

　그대의 마음속에서 모든 이기적인 생각이 추방되지 않는 한 어떠한 이성과 지혜의 빛도 그대의 마음 자체에서 일어나는 어두움을 밝힐 수 없다.

— 브라만교 성전

브라만교
고대 인도에서 브라만 계급을 위주로 《베다》를 근거로 하여 생성된 종교로, 한자어로 바라문(婆羅門)이며 특정 교조가 없는 것이 특징.

향락과 사치, 이것을 그대는 행복이라 부르고 있다. 그러나 나는 아무것도 바라지 않으며, 그것을 원하지 않아야 최고의 행복, 신의 행복이 있다고 생각한다. 또한 적게 원하면 원할수록 최고의 행복에 접근하는 길이다. ― 소크라테스

소크라테스(BC 470~BC 399)
고대 그리스의 철학자. 그때까지의 그리스 철학자들은 우주의 원리를 묻곤 했다. 소크라테스에서 비로소 자신과 자기 근거에 대한 물음이 철학의 주제가 되었다. 이런 의미에서 소크라테스는 내면(영혼의 차원) 철학의 시조라 할 수 있다.

0907

미약한 노력을 하면서 신속히, 그리고 많은 지식을 얻으려는 것은 무의미하다. 그와 같은 지식은 잎을 무성하게 하는 비료가 될 뿐 필요한 열매를 맺을 수는 없다. 놀라우리만큼 많은 지식을 가졌으면서도 그러한 지식 모두가 깊이가 없고 진실하지 않으며 겉돌기만 하는 사람을 흔히 본다. 인간이 자기 자신의 힘으로 얻은 지식은 그 사람 자신의 두뇌 속에 자취를 남길 것이다. 그 사람은 그 지식을 바탕으로 잘 처신하여 그 자신이 갈 길을 알 수 있을 것이다.

— 리히텐베르크

리히텐베르크(1742~1799)
독일의 물리학자 · 계몽주의 사상가. '리히텐베르크 도형'을 발견하였고, 1778년부터 《괴팅겐 포켓연감》을 발행, 여기에 많은 자연과학 및 철학 논문을 수록 · 발표하였다.

이 세상에 빛이 들어왔지만 사람들은 빛보다 어둠을 더 사랑했다. 왜냐하면 악에 젖어 있기 때문이다. 모든 악한 일을 한 사람들은 빛을 싫어하고 빛 가까이 다가가지 않는다. 자신들의 악이 밝은 곳에 노출되는 것이 두렵기 때문이다. 그리고 그들이 악하기 때문이다. 그러나 진리를 행하는 사람들은 그들이 하는 행위가 빛에 비치는 것을 두려워하지 않기 때문에 빛 앞으로 나아간다. 왜냐하면 그들은 신과 한 몸이기 때문이다.   ─《성경》

《성경》

그리스도교의 성전(聖典)으로서 《성경》은 구약과 신약으로 이루어진다. '구(舊)'는 그리스도 이전을 가리키고, '신(新)'은 그리스도 이후의 내용이며, '약(約)'은 인간에 대한 신의 구원의 계약을 의미한다. 또한 성경이나 성서라는 말이 그리스도교에서만 쓰이는 말이 아니고, 다른 종교에서도 성경과 성서라는 낱말로 쓰이고 있음에 주의할 필요가 있다.

지나가버린 슬픔은 과거나 미래 또는 현재의 만
족과 더불어 추억할 때 오히려 즐거워지기도 한다.
그러므로 우리를 괴롭히는 것은 미래와 현재의 슬
픔뿐이다. 그러나 현대에 이르러 너무 자기만족에
만 치우치고, 끊임없이 자기만족을 얻으려 힘쓰며,
또 대부분의 경우 그 노력으로 인해 확신을 갖고
향락을 예견할 수 있다는 것 때문에 더욱더 우리
앞에 가로놓인 슬픔에 경고 받고 눈에 띄는 일이
드물게 된다.   ― 리히텐베르크

리히텐베르크(1742~1799)
독일의 물리학자 · 계몽주의 사상가. '리히텐베르크 도형'을 발견하였
고, 1778년부터 《괴팅겐 포켓연감》을 발행, 여기에 많은 자연과학 및
철학 논문을 수록 · 발표하였다.

자신을 미워하는 사람을 미워하지 않고 지내는 것은 말로 표현할 수조차 없는 행복이다. 미움이 없는 세상에서 살 수 있다면 얼마나 행복할 것인가.

탐욕의 세상에서 탐욕을 모르고 산다는 것은 참으로 행복한 일이다. 우리는 탐욕 때문에 고생하는 사람들 속에서 벗어나 살도록 하자.

어느 것도 내 것이라고 주장하지 않는 사람은 참으로 행복한 사람이다. 그때 우리는 성스러움에 가득 차 찬란하게 빛나는 신같이 될 것이다.

— 석가모니

석가모니(BC 563~BC 483)
인도의 불교 창시자. 본래의 성은 고타마, 이름은 싯다르타인데 후에 깨달음을 얻어 붓다(Buddha)라 불리게 되었다. 또한 사찰이나 신도 사이에서는 진리의 체현자(體現者)라는 의미의 여래, 존칭으로서의 세존, 석존 등으로도 불린다.

인간의 종교란 사람이 여러 가지로·의혹스러운
점을 해결하고 믿기까지 노력을 필요로 하는 복잡
한 것으로 성립된 것이 아니다. 그것은 아주 단순
한 것으로 이루어지며, 그것을 믿는 데는 조그마한
어려움이나 노력도 필요하지 않다.　　　— 칼라일

칼라일(1795~1881)

영국의 평론가 · 역사가. 이상주의적인 사회 개혁을 제창하여 19세기
사상계에 큰 영향을 끼쳤다. 에든버러 대학에서 수학과 신학을 공부하
였으며, 그 후 독일 문학 연구를 시작하여 괴테 · 실러 등의 작품을 영
국에 소개하였다. 1838년 《의상 철학》을 발표하였는데, 당시 영국 사회
의 산업 만능 사상에 대한 낭만적인 구제책으로 영웅의 힘을 강조하였
다. 저서로 《프랑스 혁명사》, 《영웅 숭배론》, 《과거와 현재》 등이 있다.

모든 인간은 하나의 가족이다. 하나의 근원에, 하나의 자연에 속한다. 모든 인간은 하나의 빛 속에서 태어나 동일한 하나의 중심, 하나의 행복을 지향하고 있다.

이 위대한 진리는 이성에 의하여 확인될 뿐만 아니라 우리 천성의 가장 깊은 본능이라고 생각할 수 있다. ― 채닝

채닝(1856~1931)

미국의 역사가. 1000년부터 남북전쟁(1861~1865)까지의 미국의 발전에 관한 기념비적 연구로 유명하다. 목사 윌리엄 엘러리 채닝의 아들로, 사회진화론의 영향을 받은 그는 미국사를 지배하는 줄기로 당파주의를 넘어선 통일의 힘을 강조했다. 그의 저서 《미국사 *History of the United States*》(6권, 1905~1925)는 미국사 저서들 가운데 주요업적으로 평가받고 있으며 제6권은 역사학 부문 퓰리처상을 받았다.

그대 속에도, 내 속에도, 그리고 우리 이웃의 모든 다른 사람들 속에서도 인생의 신은 존재한다. 그대가 나를 꾸짖어도, 내가 그대 가까이 갈 수 없다고 담을 쌓아도 부질없는 일이다. 우리는 모두가 같은 인간이라는 것을 알라. 그러므로 그대의 지위가 높다 하더라도 교만해서는 안 된다.

— 인도 성전

인도

남부 아시아에 있는 나라로, 1857년 무굴 제국이 멸망한 후 영국의 직할 식민지로 편입되었다. 1947년 8월 15일 영국의 지배를 벗어나 힌두권인 인도와 이슬람권인 파키스탄이 각각 영국연방의 자치령으로 독립하였고, 1950년 자치령의 지위에서 벗어났다.

내 공상은 이 세상이 친절한 사람들에 의하여 계
승될 행복의 날이 오는 것을 거부한다. 그러나 그
날이 오는 것은 필연이다. 불쌍한 사람들의 희망은
헛되이 끝나버리지 않을 것이다. 신은 강한 자, 권
력이 있는 자가 아니라 마음이 선한 자를 심판의
날에 불러내어 신의 길을 가르칠 것이다.

― 러스킨

러스킨(1819~1900)
영국의 비평가 · 사회사상가. 예술미의 순수감상을 주장하고 '예술의
기초는 민족 및 개인의 성실성과 도의에 있다.'고 하는 자신의 미술원
리를 구축해 나갔다.

인간은 자기가 아무것도 보고 있지 않을 때 다른 사람도 보지 않는다고 생각하는 경향이 있다. 그것은 마치 어린애들이 사람에게 보이지 않겠다고 생각하면서 자기 눈을 감는 것과 같다.

— 리히텐베르크

리히텐베르크(1742~1799)
독일의 물리학자·계몽주의 사상가. '리히텐베르크 도형'을 발견하였고, 1778년부터 《괴팅겐 포켓연감》을 발행, 여기에 많은 자연과학 및 철학 논문을 수록·발표하였다.

0916

사람들은 만족을 찾아서 이리저리 방황하고 있다. 그것은 그저 자기의 생활에 공허를 느끼고 있는 까닭이다. 그들은 자신들을 마구 끌고 돌아다니는 새로운 정욕의 공허는 느끼지 못하고 있다.

— 파스칼

파스칼(1623~1662)
프랑스의 철학자·수학자. 근대 확률이론을 창시했고, 압력에 관한 원리(파스칼의 원리)를 체계화했으며, 신의 존재는 이성이 아니라 심성을 통해 체험할 수 있다고 가르치는 종교적 독단론을 설파했다. 직관론에 바탕을 둔 그의 사상은 루소와 앙리 베르그송 및 실존주의자 등 후세의 철학자들에게 상당한 영향을 끼쳤다.

September

그 천진난만함과 그리고 완전한 것에 이를 수 있는 일체의 가능성을 지니고 어린아이들이 끊임없이 태어나지 않았다면 이 세상은 얼마나 무서운 곳으로 되어버릴 것인가!　　　　　　　— 러스킨

러스킨(1819~1900)

영국의 비평가 · 사회사상가. 예술미의 순수감상을 주장하고 '예술의 기초는 민족 및 개인의 성실성과 도의에 있다.'고 하는 자신의 미술원리를 구축해 나갔다.

자연에 관한 실험이라는 것은 발견한 법칙으로 우리들의 두 손을 가득히 채워주며 진리의 원천이 될 수 있다. 그러나 도덕에 관해서는 실험이라는 것이 슬픈 착오의 모체에 지나지 않는다. 그러므로 내가 하지 않으면 안 될 일에 대한 규칙은 내가 행한 일에서 끄집어내지만 그 행한 일에 의하여 한정하는 것은 매우 부당한 것이다.   — 칸트

칸트(1724~1804)
독일의 철학자로 철학사를 통틀어 가장 위대한 철학자 중 한 사람이다. 칸트는 데카르트에서 시작된 합리론과 베이컨에서 시작된 경험론을 종합했다. 그는 철학적 사유의 새로운 한 시대를 열었다. 인식론·윤리학·미학에 걸친 종합적·체계적인 작업은 뒤에 생겨난 철학들에 큰 영향을 주었다.

어린아이는 가끔 그 약한 손가락 사이에 어른의 손으로는 잡지 못할 진리를 잡고 있다. 그리고 성숙한 뒤의 참다운 사랑에 대한 암시를 갖고 있다.

— 러스킨

러스킨(1819~1900)
영국의 비평가 · 사회사상가. 예술미의 순수감상을 주장하고 '예술의 기초는 민족 및 개인의 성실성과 도의에 있다.'고 하는 자신의 미술원리를 구축해 나갔다.

신이 준 것이며, 자기를 눈뜨게 한 정신이 끝없는 것임을 알고 있는 그리스도 교인은 인생의 목적을 외부적인 것에 세울 수는 없는 것이다. 인생의 총체적인 의의를 구하기 위해서는, 양심의 소리가 가르치는 대로 하지 않으면 안 된다. 양심의 소리는 자기가 진리의 길에서 벗어난 경우 혹은 벗어나려고 하는 경우에, 쉴 새 없이 스스로를 경계하는 사람에게는 항상 명백히 잘 들리는 것이다.

— 스트라호프

정욕이 양심보다 힘이 셀 때가 있을 수 있다. 정욕의 소리가 더 높은 때도 있을 수 있다. 그러나 정욕의 부르짖음이란 양심이 얘기할 때의 명령적인 투와는 전연 다른 것이다.

정욕은 양심의 소리가 지니고 있는 말할 수 없는 장엄함을 가지고 있지 않다. 정욕이 이기고 있을 때도 양심의 고요하고 깊은 곳에서 위협하는 듯한 소리에 마주치면 우리는 갑자기 위축되어버리는 것이다.

— 채닝

채닝(1856~1931)

미국의 역사가. 1000년부터 남북전쟁(1861~1865)까지의 미국의 발전에 관한 기념비적 연구로 유명하다. 목사 윌리엄 엘러리 채닝의 아들로, 사회진화론의 영향을 받은 그는 미국사를 지배하는 줄기로 당파주의를 넘어선 통일의 힘을 강조했다. 그의 저서 《미국사 *History of the United States*》(6권, 1905~1925)는 미국사 저서들 가운데 주요업적으로 평가받고 있으며 제6권은 역사학 부문 퓰리처상을 받았다.

　나는 나의 운명을 슬퍼하거나 불평을 말하지는 않는다. 그러나 한 번은 구두가 없어졌는데 그것을 다시 살 수가 없을 때 불평을 한 적이 있었다. 그때 나는 무거운 마음을 안고 사원 안으로 들어갔다. 거기서 나는 발이 없는 사람을 보았다. 그리하여 나는 완전한 두 발을 주신 신에게 감사를 드렸다. 구두쯤은 문제도 되지 않았다.　　　　　— 사디

사디(1184~1291)
페르시아의 시인. 신비주의 탁발승으로 30년간 방랑 여행을 하였으며 메카 순례를 14회 하였다. 대표작으로 《과수원》, 《굴리스탄》이 있다.

0923

문 밖으로 나가는 일이나 들창에서 밖을 내다보는 일도 없이 성인(聖人)은 장차 일어날 일들을 알고 있다. 성인은 하늘의 뜻을 알고 있기 때문이다. 밖으로 돌아다니는 일이 많을수록 아는 것이 적을 것이다. 또한 성인은 여행을 하지 않아도 견문이 넓고, 위대한 일을 하지 않아도 위대한 일을 완수한다.

— 노자

노자(老子 ?~?)
중국 고대의 철학자, 도가의 창시자. 주나라의 쇠퇴를 한탄하고 은퇴할 것을 결심한 후 서방으로 떠났다. 그 도중 관문지기의 요청으로 상하 2편의 책을 써주었다고 한다. 이것을 《노자》라고 하며 《도덕경》이라고도 하는데, 도가 사상의 효시로 일컬어진다.

우리들의 영혼이 눈뜨기 전에는 육신의 눈도 닫혀 있어서 우리들 앞에서 일어나는 일을 보지 못한다. 우리들이 그것을 보게 되었을 때 그것을 보지 않던 때의 일은 꿈같이 느껴진다. — 에머슨

에머슨(1803~1882)
미국 사상가 겸 시인. 자연과의 접촉에서 고독과 희열을 발견하고 자연의 효용으로서 실리·미·언어·훈련의 4종을 제시했다. 정신을 물질보다도 중시하고 직관에 의하여 진리를 알고, 자아의 소리와 진리를 깨달으며, 논리적인 모순을 관대히 보는 신비적 이상주의였다. 주요 저서에는 《자연론》, 《대표적 위인론》 등이 있다.

현대의 모든 자선 제도와 형법 그리고 우리가 죄악을 미연에 방지하고 또 소멸시키기 위하여 애써 만든 여러 가지 제한이나 금지는, 가장 정당하게 이용되는 경우일지라도 다음과 같은 어리석은 자의 생각과 같은 점이 있지 않을까? 당나귀에 매단 광주리 속에 짐을 가득 담은 다음, 그 불행한 동물을 무거운 짐에서 구해 주기 위하여 다른 한 편에다가 또 하나의 광주리를 달고 같은 무게의 돌을 실었다는 바보의 생각과 같은……

— 헨리 조지

헨리 조지(1839~1896)
미국의 경제학자로 단일 토지세를 주장한 《진보와 빈곤》을 저술하였다. 19세기 말 영국 사회주의 운동에 커다란 영향을 끼쳐 '조지주의 운동'으로 확산되었다.

사람들은 보통 다음과 같이 믿고 있다. 개인이 실제적으로 어떤 큰일을 시작한다고 하더라도 그것은 현대의 거대한 공장 제도나 생산 능력, 무역이나 그러한 것들을 변화시키거나 중지시킬 만한 큰 영향은 도저히 나타낼 수 없다고. 그리하여 나는 이 세상의 여러 사람들의 귓속으로 들어갔다가 그냥 다시 나와 버려 아무런 인상도 남기지 않는 현명한 말들을 들으며 생각한다. 그리고 누를 수 없는 희망을 갖는다. 즉 자신의 여생을 조용히 좋은 일이라고 생각되는 일을 하는데 바치고, 그 일에 대해서는 아무 말도 하지 않고 그저 묵묵히 일만 하겠다는 바람 말이다.　　　　　― 러스킨

우리의 생활은 우리 자신의 의사로 하는 행동, 예컨대 결혼이나 취직, 그 밖의 일들로 하나하나의 시대를 구별 짓게 된다. 우리가 그것을 깨닫지 못해도 산책할 때, 잠잘 때, 또는 밥을 먹을 때 떠오르는 사상에 의하여 각각의 시대는 구별된다. 특히 우리 과거의 모든 것을 성찰하는 사상에 의해서 구별된다.

— 소로

소로(1817~1862)
미국 사상가·문학자. 자연에 대해서 뿐만 아니라 사회문제에 대해서도 항상 민감한 반응을 보였다. 멕시코 전쟁에 반대하여 인두세(人頭稅)의 납부를 거절한 죄로 투옥당했으나, 그때 경험을 기초로 쓴 《시민의 반항》은 후에 간디의 운동 등에 커다란 영향을 주었다.

우리는 인간이란 이름에 어떤 존엄을 의식한다. 그리고 그것은 우리로 하여금 인간을 존경할 의무를 가지게 한다. 특히 이성적으로 말이다. 인간은 자신의 반대자를 비난해서는 안 된다. 또한 덕성을 회복하는 것이 불가능하다고 생각해서도 안 된다. 그렇게 생각함은 인간이라는 것을 이해하는데 방해가 된다. 왜냐하면 인간은 도덕적 존재이며, 그의 선한 의지는 어떤 경우에도 잃어버릴 수 없는 존재이기 때문이다. — 칸트

칸트(1724~1804)
독일의 철학자로 철학사를 통틀어 가장 위대한 철학자 중 한 사람이다. 칸트는 데카르트에서 시작된 합리론과 베이컨에서 시작된 경험론을 종합했다. 그는 철학적 사유의 새로운 한 시대를 열었다. 인식론·윤리학·미학에 걸친 종합적·체계적인 작업은 뒤에 생겨난 철학들에 큰 영향을 주었다.

신에 대한 참된 사랑은 높은 경지에 이른 완성의 이성을 명확하게 이해하는 데에 그 기초를 둔 도덕적 감정이다. 그리하여 신에 대한 사랑이 도덕과 정의와 선에 대한 사랑과 완전히 일치한다.

— 채닝

채닝(1856~1931)

미국의 역사가. 1000년부터 남북전쟁(1861~1865)까지의 미국의 발전에 관한 기념비적 연구로 유명하다. 목사 윌리엄 엘러리 채닝의 아들로, 사회진화론의 영향을 받은 그는 미국사를 지배하는 줄기로 당파주의를 넘어선 통일의 힘을 강조했다. 그의 저서 《미국사 *History of the United States*》(6권, 1905~1925)는 미국사 저서들 가운데 주요업적으로 평가받고 있으며 제6권은 역사학 부문 퓰리처상을 받았다.

국가의 목적은 올바른 사상 속에서 우러난 완전한 정의의 이름으로 다스리는 형태를 수립하는 것이라 할 것이다. 그러나 국가의 목적과 진정한 올바른 사상 속에서 우러나는 정의는 같을 수 없으며, 그 내면적 본질과 내면적 결과를 달리한다.

— 쇼펜하우어

쇼펜하우어(1788~1860)
독일의 철학자. 염세 사상의 대표자로 불린다. 그의 철학은 칸트의 인식론에서 출발하여 피히테, 셸링, 헤겔 등의 관념론적 철학자를 공격하였다. 그러나 그 근본적 사상이나 체계의 구성은 같은 '독일 관념론'에 속한다.

October

10

교회에도, 사회에도, 국가에도 전형적인 어떤 형식이 있어서 청년의 사상은 그것을 바탕으로 형성된다. 그러나 새로운 시대의 특질이 나타나야 할 때가 가까워지면 이미 청년의 사상은 그 이전의 형식 속에 완고하게 굳어버려 새로운 어떠한 것도 받아들일 수가 없게 된다.　　　　－ 류시 말로리

October

모든 선한 일은 자선이다. 갈증을 느끼는 자에게 물을 주는 것, 길 가운데 있는 돌을 치우는 것, 남을 좋은 길로 이끌기 위하여 타이르는 것, 나그네에게 길을 가르쳐주는 것, 남에게 미소를 짓는 것 등등 이 모든 것이 자선이다.　　　　— 마호메트

마호메트(570~632)
610년 경 알라의 계시를 받고 이슬람교를 창시했다. 박해를 피해 622년 메카에서 메디나로 갔는데 이를 '헤지라' 라고 한다. 메디나에서 신도들을 모아 630년 메카 함락에 성공한 마호메트는 이슬람 공동체 '움마' 를 세우고 이를 확장했으며, 이후 이슬람교는 아라비아 전역에 퍼졌다.

　모든 시대를 통해 만인을 지배하는 영구불변의 법칙은 단 하나밖에 없다. 그 법칙에 따르지 않는 자는 자기 자신을 거부하며 인간의 본성을 멸시하는 자이다. 그렇다고 그 사람이 형사적인 처벌을 받지는 않겠지만, 자기 스스로 부여하는 가장 무거운 벌을 자신의 어깨에 짊어지고 있는 것이다.

— 키케로

키케로(BC 106~BC 43)
고대 로마의 문인 · 철학자 · 변론가 · 정치가. 보수파 정치가로서 카이사르와 반목하여 정계에서 쫓겨나 문필에 종사했다. 카이사르가 암살된 뒤에 안토니우스를 탄핵한 후 원한을 사서 안토니우스의 부하에게 암살되었다. 수사학의 대가이자 고전 라틴 산문의 창조자이다.

지상에 신의 나라를 세우는 것, 이것이 인류의
최종 목적이며 희망이다. 그리스도는 이 천국을 우
리에게 가깝게 해주었다. 그러나 사람들은 그를 이
해하지 못하고, 우리의 마음속에 신의 나라를 세운
것이 아니라 지상에 사제(司祭)의 나라를 세운 것
이다.　　　　　　　　　　　　　　　　　— 칸트

칸트(1724~1804)
독일의 철학자로 철학사를 통틀어 가장 위대한 철학자 중 한 사람이
다. 칸트는 데카르트에서 시작된 합리론과 베이컨에서 시작된 경험론
을 종합했다. 그는 철학적 사유의 새로운 한 시대를 열었다. 인식론·
윤리학·미학에 걸친 종합적·체계적인 작업은 뒤에 생겨난 철학들에
큰 영향을 주었다.

정신적 고뇌란 무엇인가? 우리는 무엇에 어떻게 흥미를 느껴야 할 것인가. 시간은 무의미한 것이다. 그러나 그대가 오늘이란 시간 사이에 신을 발견한다면 그대의 삶은 만족으로 가득 차고 오늘 하루는 백 년의 효과를 내게 될 것이다.

— 아미엘

아미엘(1884~1977)
프랑스 극작가. 심리극 전통을 추구하고, 제1차 세계대전 후 '침묵파'로 활약했다. 작품은 《카페 타바》, 《사나이》, 《적령기 여성》, 《모네스체 집안》 등이 있다.

October

1006

아담의 후예인 우리는 모두 한 몸의 수족이다.
한 팔이 괴로울 때 다른 수족들도 괴로운 것이다.
만약 그대가 타인의 고뇌에 냉담하다면 그대는 사
람이라 할 수 없다.　　　　　　　　　　　　— 사디

사디(1184~1291)
페르시아의 시인. 신비주의 탁발승으로 30년간 방랑 여행을 하였으며
메카 순례를 14회 하였다. 대표작으로 《과수원》, 《굴리스탄》이 있다.

October

1007

개인의 생활은 모든 사람들의 생활과 긴밀히 연결되어 있어야 한다. 왜냐하면 만물은 조화와 일치에 의하여 일관되어야 하기 때문이다. 생활의 모든 현상은 외계에 있어서도 저마다 긴밀한 관계 속에 성립되어 있다.　　　　　　　— 마르쿠스 아우렐리우스

마르쿠스 아우렐리우스(121~180)
로마제국의 제16대 황제로 5현제(賢帝)의 마지막 황제이며 후기 스토아학파의 철학자로 《명상록》을 남겼다. 당시 경제적·군사적으로 어려운 시기였고 페스트의 유행으로 제국이 피폐하여 그가 죽은 후 로마제국은 쇠퇴하였다.

October

1008

항상 위대하며 변함없는 진리를 기억하라. 그대
자신이 얻은 것은 다른 누구도 가질 수 없다는 것
을. 그러나 그대가 이용하는, 혹은 사용하는 것에
불과한 그 어떤 물체의 모든 부분은 모든 사람들의
생활의 일부분이 나타난 것이라는 점을 기억하라.

— 러스킨

러스킨(1819~1900)
영국의 비평가·사회사상가. 예술미의 순수감상을 주장하고 '예술의
기초는 민족 및 개인의 성실성과 도의에 있다.'고 하는 자신의 미술원
리를 구축해 나갔다.

　　강한 이성과 지혜를 지닌 사람들은 동일한 어느 일을 하기 위하여 신의 부름을 받은 사람들이다. 신체의 각 부분과 같이 사람들은 이 세상 속에서 목적을 얻기 위하여 일하고 있다. 모든 사람들은 이성과 지혜에 의한 단 하나의 동일한 일을 하기 위하여 만들어졌다. 자신은 위대한 정신적 조직의 일부, 즉 팔과 다리라는 의식에 무엇인가 마음을 북돋아주고 위로해 주는 것이 있다.

— 마르쿠스 아우렐리우스

마르쿠스 아우렐리우스(121~180)
로마제국의 제16대 황제로 5현제(賢帝)의 마지막 황제이며 후기 스토아학파의 철학자로 《명상록》을 남겼다. 당시 경제적·군사적으로 어려운 시기였고 페스트의 유행으로 제국이 피폐하여 그가 죽은 후 로마제국은 쇠퇴하였다.

우리가 사랑하는 사람들에게 공정하며, 자애롭고, 주의 깊이 살피는 존재가 되는 것을 게을리할 필요는 없다. 그들 혹은 우리 자신이 병에 걸리거나 죽음에 위협받는 때를 멍하니 기다리지 말자. 인생은 짧다. 이 길을 함께 가는 사람의 마음을 즐겁게 할 만한 시간이 없을지도 모른다. 우리는 선인이 되기 위하여 빨리 가지 않으면 안 된다.

— 아미엘

아미엘(1884~1977)

프랑스 극작가. 심리극 전통을 추구하고, 제1차 세계대전 후 '침묵파'로 활약했다. 작품은 《카페 타바》, 《사나이》, 《적령기 여성》, 《모네스체 집안》 등이 있다.

1011

온 세계 사람들이 그대를 비난한다 할지라도 그
대는 선해지도록 노력하라. 그것은 그들이 그대를
칭송하고, 그대가 나쁜 인간으로서 살아가는 것보
다 훨씬 훌륭하다. — 로디

성인의 생활 법칙이 명확한 것만은 아니다. 그러나 그 뒤를 따르는 사람들은 차츰 밝아진다. 일반인의 생활 법칙은 누구나 다 알 수 있다. 그러나 그 길을 따라가면 혼미해진다. ─ 공자

공자(BC 552~BC 479)

중국 고대의 사상가, 유교의 시조. 최고의 덕을 인이라고 보았다. 인(仁)에 대한 공자의 가장 대표적인 정의는 '극기복례(克己復禮)' 곧 '자기 자신을 이기고 예에 따르는 삶이 곧 인'이라는 것이다. 그 수양을 위해 부모와 연장자를 공손하게 모시는 효제(孝悌)의 실천을 가르치고, 이를 인의 출발점으로 삼았다.

선이란 자신의 의무를 수행하는 경우에는 도덕적이며 확고한 목표이다. 그러나 그 확고함이 절대로 습관화되어서는 안 된다. 언제나 새롭게 그리고 본질적으로 인간의 영혼에서 우러나는 것이 아니면 안 된다.

— 칸트

칸트(1724~1804)

독일의 철학자로 철학사를 통틀어 가장 위대한 철학자 중 한 사람이다. 칸트는 데카르트에서 시작된 합리론과 베이컨에서 시작된 경험론을 종합했다. 그는 철학적 사유의 새로운 한 시대를 열었다. 인식론·윤리학·미학에 걸친 종합적·체계적인 작업은 뒤에 생겨난 철학들에 큰 영향을 주었다.

육체적인 쾌락이나 사치에 빠져 있을 때야말로
자신은 정신적으로 의의 있는 생활을 할 수 있다
고 생각하는 자는 아주 큰 착각에 빠져 있는 것이
다. 육체는 언제나 정신의 제자이다.　　　— 소로

소로(1817~1862)
미국 사상가·문학자. 자연에 대해서 뿐만 아니라 사회문제에 대해서
도 항상 민감한 반응을 보였다. 멕시코 전쟁에 반대하여 인두세(人頭
稅)의 납부를 거절한 죄로 투옥당했으나, 그때 경험을 기초로 쓴 《시민
의 반항》은 후에 간디의 운동 등에 커다란 영향을 주었다.

　순찰병이 요새를 경호하고 성벽의 주위와 그 안을 감시하듯, 인간도 단 한 순간도 게을리하면 안 되고 용감하게 자기 자신을 감시하지 않으면 안 된다. 인생을 영위하는데 이 감시를 잠시라도 소홀히 하는 자가 있다면 지옥으로 떨어져버릴 것이다.

― 석가모니

석가모니(BC 563~BC 483)

인도의 불교 창시자. 본래의 성은 고타마, 이름은 싯다르타인데 후에 깨달음을 얻어 붓다(Buddha)라 불리게 되었다. 또한 사찰이나 신도 사이에서는 진리의 체현자(體現者)라는 의미의 여래, 존칭으로서의 세존, 석존 등으로도 불린다.

October

오직 자신만 생각하고 모든 것에서 자신의 이익
만을 탐내는 사람은 행복할 수가 없다. 자신을 위
하여 생활을 하고자 하거든 남을 위하여 생활하라.

— 세네카

세네카(BC 4~AD 65)
이탈리아 고대 로마 제정기의 스토아 철학자. 네로의 과욕에 위태로움
을 느낀 나머지 62년 네로에게 간청하여 관직에서 은퇴하였으나, 65년
네로에게 역모를 의심받자 스스로 혈관을 끊고 자살하였다. 스토아주
의를 역설했다. 주요 작품으로 《노여움에 대하여》, 《자연학 문제점》 등
이 있다.

사람은 어떠한 일에도 익숙해진다. 특히 주위의 사람들이 나쁜 짓을 하면 자신도 곧 물들어버린다. 나도 가끔 그런 것을 생각한다. 얼마나 나 자신이 내 확신을 희생시키며 또 얼마나 손쉽게 퇴색한 제도나 습관에 굴복했던가…… 그럴 때마다 나는 내가 부끄럽기 짝이 없었다.　　　　— 에머슨

에머슨(1803~1882)

미국 사상가 겸 시인. 자연과의 접촉에서 고독과 희열을 발견하고 자연의 효용으로서 실리·미·언어·훈련의 4종을 제시했다. 정신을 물질보다도 중시하고 직관에 의하여 진리를 알고, 자아의 소리와 진리를 깨달으며, 논리적인 모순을 관대히 보는 신비적 이상주의였다. 주요 저서에는 《자연론》, 《대표적 위인론》 등이 있다.

어떤 악한 행위보다도 그 행위의 근본이 되는 사상이 가장 악하다. 악한 행위는 두 번 다시 하지 않을 수도, 후회할 수도 있다. 그러나 악한 사상은 모든 나쁜 행위를 만들어낸다. 악한 행위는 나쁜 방향으로 굴러갈 뿐이지만, 악한 사상은 저항할 수 없는 힘에 의해 그 길로 끌려가는 법이다.

— 석가모니

석가모니(BC 563~BC 483)
인도의 불교 창시자. 본래의 성은 고타마, 이름은 싯다르타인데 후에 깨달음을 얻어 붓다(Buddha)라 불리게 되었다. 또한 사찰이나 신도 사이에서는 진리의 체현자(體現者)라는 의미의 여래, 존칭으로서의 세존, 석존 등으로도 불린다.

1019

만약 우리가 움직이는 배 위에 서서 그 배 위의
물건을 보고 있으면 배가 움직이는 것을 느끼지
못한다. 그러나 멀리 있는 나무나 언덕을 보고 있
으면 배가 움직이고 있음을 알 수 있다. 그와 같이
인생에 있어서도 모든 사람이 걷는 길을 걸을 때
에는 그것이 눈에 띄지 않지만, 그 중 한 사람이 신
을 이해하고 신의 길을 걷고 있으면 다른 사람들
이 얼마나 사악한 생활을 하고 있는가를 곧 알게
된다. 그리고 그 때문에 다른 사람들은 그 사람을
추방한다. — 파스칼

파스칼(1623~1662)
프랑스의 철학자·수학자. 근대 확률이론을 창시했고, 압력에 관한 원
리(파스칼의 원리)를 체계화했으며, 신의 존재는 이성이 아니라 심성을
통해 체험할 수 있다고 가르치는 종교적 독단론을 설파했다. 직관론에
바탕을 둔 그의 사상은 루소와 앙리 베르그송 및 실존주의자 등 후세
의 철학자들에게 상당한 영향을 끼쳤다.

1020

폭력에 의하여 일을 하는 사람은 부정한 사람이다. 참과 거짓의 길을 알고 있는 사람, 사람들을 설교하되 폭력에 의해서가 아니라 율법과 정의로써 인도하는 사람, 사람의 진실과 이성과 지혜를 신뢰하는 사람만이 참으로 바른 사람이라고 할 수 있다.

말이 아름답고 유창한 사람이 슬기로운 사람은 아니다. 끈기 있고 사람들에 대한 혐오나 공포로부터 벗어난 사람만이 참으로 지혜로운 사람이다.

— 석가모니

석가모니(BC 563~BC 483)
인도의 불교 창시자. 본래의 성은 고타마, 이름은 싯다르타인데 후에 깨달음을 얻어 붓다(Buddha)라 불리게 되었다. 또한 사찰이나 신도 사이에서는 진리의 체현자(體現者)라는 의미의 여래, 존칭으로서의 세존, 석존 등으로도 불린다.

우리는 두 가지의 서로 상반되는 인식 능력을 갖고 있다.

그 하나는 모든 존재를 자신 이외의 것이라고 보는 것이고, 다른 하나는 자기 자신은 모든 존재와 하나가 되어 있다는 것이다.

전자는 우리를 부수기 어려운 벽으로써 분리한다. 후자의 경우에는 그 벽을 부서뜨리고 우리가 하나로 융합할 수 있게 한다.   — 쇼펜하우어

쇼펜하우어(1788~1860)

독일의 철학자. 염세 사상의 대표자로 불린다. 그의 철학은 칸트의 인식론에서 출발하여 피히테, 셸링, 헤겔 등의 관념론적 철학자를 공격하였다. 그러나 그 근본적 사상이나 체계의 구성은 같은 '독일 관념론'에 속한다.

모든 사람은 하나의 근원을 가지고 있다. 그리고 하나의 법칙에 속하며 하나의 목적에 좌우된다. 그러므로 그대는 하나의 신앙, 하나의 행위, 하나의 목적 아래에서 모든 인간이 싸울 가치가 있는 하나의 깃발을 가져야 한다. 행위와 눈물과 고뇌는 세계의 모든 사람들에게 통하는 말이다. 즉 모든 사람이 이해할 수 있는 말인 것이다.

— 주세페 마치니

주세페 마치니(1805~1872)
이탈리아의 정치지도자. 불굴의 공화주의자로 이탈리아의 통일공화국을 추구하였다. 청년이탈리아당 및 청년유럽당을 결성하고 밀라노 독립운동에도 참가하였으며 빈곤한 망명생활을 하며 여러 차례 군사 행동을 일으켰으나 전부 실패하였다.

자연과 조화된 생활을 하라. 그때 그대는 결코
불행을 느끼는 자가 되지 않을 것이다. 세상 사람
들의 사고방식에만 따라서 산다면 그대는 결코 참
된 재산을 획득하지 못하리라.　　　— 에피쿠로스

에피쿠로스(BC 341~BC 270)
그리스의 철학자. 35세 전후에 아테네에서 '에피쿠로스 학원'을 열었
다. 기초를 이루는 원자론에 의하면 참된 실재는 원자와 공허의 두 개
이다. 원자 상호간에 충돌이 일어나서 이 세계가 생성되었다고 한다.

많은 욕구를 가지면 가질수록 많은 것에 예속되어버린다. 왜냐하면 많은 것에 욕구를 느끼면 느낄수록 점점 더 자신의 자유를 잃어버리기 때문이다. 완전한 자유는 아무것도 바라지 않는 데서 성립된다. 욕구를 적게 가질수록 자유의 정도는 키진다.

— 자라투스트라

자라투스트라(BC 630?~BC 553?)
역사상의 인물이라는 것은 분명하지만 어느 시대 사람인지는 확실치 않다. BC 7세기 말에서 BC 6세기 초에 살았으며 20세 무렵에 종교생활을 시작해 30세 즈음에 아후라 마즈다신의 계시를 받고 조로아스터교를 창시하였다고 한다.

1025

사람이 자기의 처지에 대하여 만족하지 못할 때는 두 가지 방법에 의하여 그것을 변경할 수가 있다. 하나는 생활 상태를 좋게 할 것이며, 또 하나는 자기 영혼의 상태를 좋게 하는 것이다. 전자에 대한 가능성은 항상 존재하는 것은 아니다. 그러나 후자는 항상 가능하다.　　　　　　　— 에머슨

에머슨(1803~1882)

미국 사상가 겸 시인. 자연과의 접촉에서 고독과 희열을 발견하고 자연의 효용으로서 실리·미·언어·훈련의 4종을 제시했다. 정신을 물질보다도 중시하고 직관에 의하여 진리를 알고, 자아의 소리와 진리를 깨달으며, 논리적인 모순을 관대히 보는 신비적 이상주의였다. 주요 저서에는 《자연론》, 《대표적 위인론》 등이 있다.

1026

성인은 비록 가장 형편이 좋은 때일지라도 회의를 한다. 회의에 대한 방해물이 없을 때, 신앙의 기초가 형성되는 것이다. 참다운 신앙은 항상 회의 뒤에 생긴다. 만약 내가 회의할 수 없다면 신앙도 가질 수 없다. — 소로

소로(1817~1862)
미국 사상가·문학자. 자연에 대해서 뿐만 아니라 사회문제에 대해서도 항상 민감한 반응을 보였다. 멕시코 전쟁에 반대하여 인두세(人頭稅)의 납부를 거절한 죄로 투옥당했으나, 그때 경험을 기초로 쓴 《시민의 반항》은 후에 간디의 운동 등에 커다란 영향을 주었다.

만일 나에게 뼈나 근육 같은 것이 없었다면 자신이 바르다고 생각하는 것조차도 할 수 없을 것이라는 게 정말 진리다. 그러나 내가 바른 일을 하는 원인이 뼈나 근육에 있는 것이고, 신에 대한 사랑에 있는 것이 아니라고 믿는 것은 어리석기 짝이 없다. 그런 것을 말함은 사물의 원인과 그 원인에 결부되어 있는 것을 구별 지을 수 없음을 의미한다.

많은 사람들은 어둠 속으로 더듬어 걷고 있으면서도 다만 그 원인에 따르고 있는 그것을 원인이라 이름 짓고 있는 것이다.　　　　— 소크라테스

소크라테스(BC 470~BC 399)
고대 그리스의 철학자. 그때까지의 그리스 철학자들은 우주의 원리를 묻곤 했다. 소크라테스에서 비로소 자신과 자기 근거에 대한 물음이 철학의 주제가 되었다. 이런 의미에서 소크라테스는 내면(영혼의 차원) 철학의 시조라 할 수 있다.

인간은 정신과 육체를 자기의 것으로 생각하고 그 때문에 쉴 새 없이 괴로워하고 있다. 그러나 그대 자신의 본질은 정신 속에 있음을 알라. 의식 속에 침투하여 정신을 육체 위에 가져오고, 모든 외부적인 먼지로부터 자신을 지키며, 육체에 정신을 종속시키는 것을 허락하지 않고, 삶을 육체와 일치시키는 것을 피하며 정신적 삶과 합류하라. 그때 그대는 모든 진리를 이루고 자기의 사명을 완수한 그것에 의하여 신의 힘 속에 몰입할 수 있을 것이다.   — 마르쿠스 아우렐리우스

마르쿠스 아우렐리우스(121~180)
로마제국의 제16대 황제로 5현제(賢帝)의 마지막 황제이며 후기 스토아학파의 철학자로 《명상록》을 남겼다. 당시 경제적·군사적으로 어려운 시기였고 페스트의 유행으로 제국이 피폐하여 그가 죽은 후 로마제국은 쇠퇴하였다.

교회라 하는 것이 신의 이름에 의하여 어떤 특별한 관계를 만들고 말았다. 교회와 철학과의 사이를 막는 벽이 만들어졌다. 마치 교회와 철학이 서로 교류하는 바 없이 각각 자기의 길을 걸어 나갈 수 있도록 하려는 듯이……. 그리고 지금 철학자들은 무엇을 할 것인가. 그 벽을 부숴버려야 할 것이다.

교회에 속한 사람들은 무엇을 하고 있는가? 우리를 훌륭한 그리스도 교도로 해주겠다는 구실 아래 가장 어리석은 철학자로 만들고 있는 것이다.

— 레싱

레싱(1729~1781)
독일의 극작가 · 비평가. 생애는 부단한 사상 투쟁의 연속이었다. 독일의 계몽사상가 중에는 그 유례를 볼 수 없는 확고부동한 확신과 명석한 지성의 소유자였다. 독일 근대 시민정신의 기수로 평가된다. 주요 저서로 《라오콘》, 《미나 폰 바른헬름》 등이 있다.

진리를 탐구하는 일에는 번뇌와 불안이 따른다. 그러나 진리를 탐구하지 않으면 안 된다. 그 까닭은 진리를 찾아내지 않고 사랑하지 않는다면 파멸뿐이기 때문이다.

'만약 진리가 나에게 사랑받기를 바란다면 진리 자신이 미리 내 앞에 모습을 보여야만 할 것이다.'라고 말할는지 모른다. 그러나 진리는 지금도 그대 앞에 모습을 나타내고 있다. 다만 그대가 주의를 하지 않기 때문에 보지 못할 뿐이다. 진리를 구하라, 진리는 그것을 바라고 있다.   — 파스칼

파스칼(1623~1662)
프랑스의 철학자 · 수학자. 근대 확률이론을 창시했고, 압력에 관한 원리(파스칼의 원리)를 체계화했으며, 신의 존재는 이성이 아니라 심성을 통해 체험할 수 있다고 가르치는 종교적 독단론을 설파했다. 직관론에 바탕을 둔 그의 사상은 루소와 앙리 베르그송 및 실존주의자 등 후세의 철학자들에게 상당한 영향을 끼쳤다.

October

가장 곤란하고 중대한, 그리고 필요한 자유는 자기 사상의 방향을 단정해 주는 데 있는 것이다. 그대의 사상을 깨끗하게 하는 것에 힘을 기울여라. 그대가 만약 악한 사상을 갖고 있지 않다면 악한 행위를 하지 않을 것이다.　　　　　　— 공자

공자(BC 552~BC 479)
중국 고대의 사상가. 유교의 시조. 최고의 덕을 인이라고 보았다. 인
(仁)에 대한 공자의 가장 대표적인 정의는 '극기복례(克己復禮)' 곧
'자기 자신을 이기고 예에 따르는 삶이 곧 인'이라는 것이다. 그 수양
을 위해 부모와 연장자를 공손하게 모시는 효제(孝悌)의 실천을 가르
치고, 이를 인의 출발점으로 삼았다.

334

Memo

November

11

1101

모든 것은 신의 힘 속에 있다. 오직 신 또는 자기 자신에게 봉사하려는 희망만은 우리들의 것이다. 우리들은 머리 위로 날아다니는 새들을 방해할 수 는 없다. 그러나 머리 위에다 집을 짓는 것은 막을 수 있다. 그와 같이 우리들은 우리들의 머릿속에서 번뜩이는 악한 사상을 중지시킬 수는 없다. 그러나 악한 사상이 머릿속에다 집을 지어 놓고 악한 행 위가 드나들게 함을 막을 수는 있다.   — 루터

진정으로 강한 사람은 치열하면서도 온화해야 한다. 또한 이상주의자 이면서 현실주의자이어야 한다.   — 루터

사물을 보는 방법이 일정할 때 지식을 얻을 수 있다. 지식을 얻을 때 의지는 진리로 향한다. 의지가 만족을 얻을 때 마음은 착하게 되며, 마음이 착해진 후 모든 것에 대한 도덕적인 관찰을 할 수 있다. 그리고 그것이 도덕으로 옮겨간다. ― 공자

공자(BC 552~BC 479)
중국 고대의 사상가, 유교의 시조. 최고의 덕을 인이라고 보았다. 인(仁)에 대한 공자의 가장 대표적인 정의는 '극기복례(克己復禮)' 곧 '자기 자신을 이기고 예에 따르는 삶이 곧 인'이라는 것이다. 그 수양을 위해 부모와 연장자를 공손하게 모시는 효제(孝悌)의 실천을 가르치고, 이를 인의 출발점으로 삼았다.

자기의 사상에 주의를 기울여라. 말에 주의를 기울여라. 모든 못된 행위에 주의를 기울여라. 이러한 세 가지 점이 깨끗하도록 주의를 할 때 비로소 그대는 진리의 길에 발을 들여놓는 것이 된다.

— 석가모니

석가모니(BC 563~BC 483)

인도의 불교 창시자. 본래의 성은 고타마, 이름은 싯다르타인데 후에 깨달음을 얻어 붓다(Buddha)라 불리게 되었다. 또한 사찰이나 신도 사이에서는 진리의 체현자(體現者)라는 의미의 여래, 존칭으로서의 세존, 석존 등으로도 불린다.

1104

무릇 사람이란 자기 자신이 어떤 순간 다른 것에 강요되어 이 세상으로 끌려나온 것에 지나지 않는다고 생각해서는 안 된다. 여기에서 죽음이란 자기 생활의 종결이기는 하지만, 자기 존재의 종결은 아니라는 신념에서 생기는 것이다.   ― 쇼펜하우어

쇼펜하우어(1788~1860)
독일의 철학자. 염세 사상의 대표자로 불린다. 그의 철학은 칸트의 인식론에서 출발하여 피히테, 셸링, 헤겔 등의 관념론적 철학자를 공격하였다. 그러나 그 근본적 사상이나 체계의 구성은 같은 '독일 관념론'에 속한다.

우리들은 죽는다. 우리들은 오래 사는 것이 아니다. 우리들에게는 오직 얼마 안 되는 순간만이 주어진 것이다. 그러나 우리들의 영혼은 그 까닭으로 공포를 느끼지는 않는다. 우리들의 영혼은 영원히 살고 있는 것이다.　　　　　　　　　　— 포시 크리드

물욕이란 무섭다. 진실로 무섭다. 그것은 우리들의 마음과 눈을 가려버린다. 그리고 우리들을 야수보다 더 잔인하게 만들어버리며 양심이나 우정, 사회나 자기 정신 등을 구제하는 것에 대해서는 생각도 못 하게 한다. 무지한 폭군처럼 우리를 노예로 만들어버리는 것이다.　　　　　— 자라투스트라

자라투스트라(BC 630?~BC 553?)
역사상의 인물이라는 것은 분명하지만 어느 시대 사람인지는 확실치 않다. BC 7세기 말에서 BC 6세기 초에 살았으며 20세 무렵에 종교생활을 시작해 30세 즈음에 아후라 마즈다신의 계시를 받고 조로아스터교를 창시하였다고 한다.

부자와 가난한 사람들로 이루어진 이 사회에서
사람들은 곧 권력을 잡고 있는 자의 포로가 되고
만다. 가난한 사람들에게는 반항하기에 충분한 힘
이 없다. 그리고 부자들은 자기 집 곳간에다가 그
의 너무나 많은 재산을 쌓을 수도 없을 지경인 것
이다.

— 헨리 조지

헨리 조지(1839~1896)
미국의 경제학자로 단일 토지세를 주장한 《진보와 빈곤》을 저술하였
다. 19세기 말 영국 사회주의 운동에 커다란 영향을 끼쳐 '조지주의
운동'으로 확산되었다.

1108

신은 신의 가까이로 다가가는 사람을 신의 높이에까지 끌어올리려 한다. 그러므로 신을 향해 올라가는 것은 일이 아니다. 신은 인간의 이웃에 살며, 인간 속으로 들어온다. 신이 없어도 좋은 영원이란 그 어디에도 존재하지 않는 것이다. — 키케로

키케로(BC 106~BC 43)
고대 로마의 문인 · 철학자 · 변론가 · 정치가. 보수파 정치가로서 카이사르와 반목하여 정계에서 쫓겨나 문필에 종사했다. 카이사르가 암살된 뒤에 안토니우스를 탄핵한 후 원한을 사서 안토니우스의 부하에게 암살되었다. 수사학의 대가이자 고전 라틴 산문의 창조자이다.

스스로의 삶을 올바르게 살고 싶다고 생각하는 거의 모든 사람들은, 어떤 위대하고 곤란한 일을 수행하려고 한다. 스스로의 욕망을 제거하고 스스로에게 적합한, 평범한 의무를 소홀히 하지 않아야 하는 것을 잊어버리고 있는 것이다.

— 페늘롱

페늘롱(1651~1715)
프랑스의 종교가·소설가. 그의 대표작인 소설 《텔레마크의 모험》은 왕세손의 교육을 위해 쓴 것인데, 고전주의 문학의 걸작인 동시에 거기에 전개되는 루이 14세의 전제(專制)에 대한 비평과 유토피아적인 이상사회의 기술 등은 계몽사상 형성에 적지 않은 역할을 하였다.

1110

　　우둔한 자에게도 스스로의 우둔을 알 수 있는 지혜는 있다. 그러나 스스로를 슬기로운 사람이라고 생각하는 사람은 지혜로운 사람이 아니다. 오히려 어리석은 사람보다 더 어리석은 사람이다. 어리석은 자는 슬기로운 사람 속에서 살고 있을지라도 조금도 진리를 깨닫지 못한다. 그것은 마치 숟가락이 산해진미의 맛을 모르는 것과 같다.

— 석가모니

석가모니(BC 563~BC 483)
인도의 불교 창시자. 본래의 성은 고타마, 이름은 싯다르타인데 후에 깨달음을 얻어 붓다(Buddha)라 불리게 되었다. 또한 사찰이나 신도 사이에서는 진리의 체현자(體現者)라는 의미의 여래, 존칭으로서의 세존, 석존 등으로도 불린다.

　　인간에게는 두 가지 유형이 있다. 그 중 하나는 자기는 바른 사람이지만 죄가 있다고 생각하는 사람이고, 또 다른 하나는 자기는 죄가 있는 사람이지만 바르다고 생각하는 사람이다.　　　— 파스칼

파스칼(1623~1662)
프랑스의 철학자·수학자. 근대 확률이론을 창시했고, 압력에 관한 원리(파스칼의 원리)를 체계화했으며, 신의 존재는 이성이 아니라 심성을 통해 체험할 수 있다고 가르치는 종교적 독단론을 설파했다. 직관론에 바탕을 둔 그의 사상은 루소와 앙리 베르그송 및 실존주의자 등 후세의 철학자들에게 상당한 영향을 끼쳤다.

당신보다 불행한 인간은 얼마든지 있다. 이러한
생각은 실제로, 그 밑에서 편히 쉴 지붕이 될 수는
없을지라도 그 밑에서 소나기를 피하기에는 충분
하다.

— 리히텐베르크

리히텐베르크(1742~1799)
독일의 물리학자 · 계몽주의 사상가. '리히텐베르크 도형'을 발견하였
고, 1778년부터 《괴팅겐 포켓연감》을 발행, 여기에 많은 자연과학 및
철학 논문을 수록 · 발표하였다.

공기의 압력이 제거된다면 우리들의 육체는 부서져버릴 것이다. 그와 같이 빈곤과 노고, 기타 괴로운 운명의 압력이 인간생활에서 없어진다면, 인간의 자부심은 차츰 커지고 그 자신이 부서져버리지는 않더라도 어쩔 수 없는 어리석음과 미친 증상이 자태를 나타내게 될 것이다.

— 쇼펜하우어

쇼펜하우어(1788~1860)

독일의 철학자. 염세 사상의 대표자로 불린다. 그의 철학은 칸트의 인식론에서 출발하여 피히테, 셸링, 헤겔 등의 관념론적 철학자를 공격하였다. 그러나 그 근본적 사상이나 체계의 구성은 같은 '독일 관념론'에 속한다.

1114

　사회적인 문제를 해결하기 위해 필요한 이해는 논리적인 능력에 의해서만 얻어지는 것은 아니다. 그것을 위해서는 개인 또는 단체의 단순한 이해 문제를 초월해야만 한다.

　또한 먼저 정의를 찾지 않으면 안 된다. 왜냐하면, 모든 사회 문제의 근본에서 우리들은 언제나 그 어떤 공통된 부정을 발견하기 때문이다.

　　　　　　　　　　　　　　　　　— 헨리 조지

헨리 조지(1839~1896)
미국의 경제학자로 단일 토지세를 주장한 《진보와 빈곤》을 저술하였다. 19세기 말 영국 사회주의 운동에 커다란 영향을 끼쳐 '조지주의 운동' 으로 확산되었다.

　조용한 것은 조용하게 놓아둘 수가 있다. 아직 나타나지 않은 것은 억제하기가 쉽다. 약한 것은 부수어버리기가 쉽다. 사물은 그것이 존재되기 전에 조심하라. 무질서가 되기 전에 질서를 잡아라.

　큰 나무도 가늘고 작은 가지가 자라서 된 것이다. 10층탑도 작은 벽돌들이 쌓여진 것이다. 천리 길도 한 걸음부터 시작되는 것이다. 최후에 이르기까지 최초와 같이 주의 깊게 하라. 그때 비로소 어떠한 일이라도 완수할 수 있게 될 것이다.

— 노자

노자(老子 ?~?)
중국 고대의 철학자, 도가의 창시자. 주나라의 쇠퇴를 한탄하고 은퇴할 것을 결심한 후 서방으로 떠났다. 그 도중 관문지기의 요청으로 상하 2편의 책을 써주었다고 한다. 이것을 《노자》라고 하며 《도덕경》이라고도 하는데, 도가 사상의 효시로 일컬어진다.

인간의 영혼을 불멸이라고 믿는 것이 착오에 지나지 않는다 하더라도, 나는 내 자신의 착오에 만족한다. 그리고 내가 살고 있는 동안 그 누구라도 이 신념을 빼앗아갈 수는 없다. 또한 이 신념은 불변의 평화와 완전한 만족을 나에게 준다.

— 키케로

키케로(BC 106~BC 43)
고대 로마의 문인 · 철학자 · 변론가 · 정치가. 보수파 정치가로서 카이사르와 반목하여 정계에서 쫓겨나 문필에 종사했다. 카이사르가 암살된 뒤에 안토니우스를 탄핵한 후 원한을 사서 안토니우스의 부하에게 암살되었다. 수사학의 대가이자 고전 라틴 산문의 창조자이다.

　모든 외부의 세계는 그 자체에 있어서 독립적으로 존재하는 것이 아니라 인간으로서의 나에 의해 조건 지어지고 사고되는 것이다. 즉 사고의 열매인 것이다. 그리고 다른 일면으로 말한다면 인간으로서의 나는, 자신에 의하여 지지되어 있는 것이 아니라 나보다 높은 그 무엇에 의하여 조건 지어지고 사고되는 것이다.

　그리고 나에 의하여 조건 지어진, 나보다도 낮은 그것을 물질이라고 이름 짓는다. 나를 조건 짓는 나보다 높은 것을 신이라 이름 짓는다.

— 스트라호프

이 세상에서 물같이 부드럽고 잘 순종하는 것은 없다. 그러나 물은 강하고 단단한 것 위에 떨어질 때 그 어느 것보다 힘이 세어진다. 약한 것은 강한 것을 이기는 법이다. 부드러운 것은 딱딱한 것을 이기고 만다. 이 세상 모든 사람은 이러한 이치를 잘 알고 있다. 그러나 이대로 행하려고 하는 자는 거의 없다.   ― 노자

노자(老子 ?~?)
중국 고대의 철학자, 도가의 창시자. 주나라의 쇠퇴를 한탄하고 은퇴할 것을 결심한 후 서방으로 떠났다. 그 도중 관문지기의 요청으로 상하 2 편의 책을 써주었다고 한다. 이것을 《노자》라고 하며 《도덕경》이라고도 하는데, 도가 사상의 효시로 일컬어진다.

1119

인간의 몸은 살아 있는 동안은 부드럽고 유연성을 가지고 있다. 그러나 죽으면 곧 굳고 마르게 된다. 그러므로 굳는다는 것은 곧 죽음을 의미하며, 부드럽다는 것은 살아 있음을 의미한다. 그러므로 힘센 자는 승리를 얻을 수 없다. 수목이 굳어져버릴 때는 죽음이 다가온 때이다. 굳세고 큰 것은 언제나 아래에 있고 부드러운 것은 언제나 그 위에 있다.

— 노자

노자(老子 ?~?)
중국 고대의 철학자, 도가의 창시자. 주나라의 쇠퇴를 한탄하고 은퇴할 것을 결심한 후 서방으로 떠났다. 그 도중 관문지기의 요청으로 상하 2편의 책을 써주었다고 한다. 이것을 《노자》라고 하며 《도덕경》이라고도 하는데, 도가 사상의 효시로 일컬어진다.

인간은 선에 대한 자기 자신의 보증을 발전시키지 않으면 안 된다. 신은 인간 속에 완전한 선을 부여한 것은 아니다. 그것은 다만 선에 대한 보증일 따름이다.

스스로 자기 자신을 보다 훌륭하게 하고, 교화하는 것에 대해서 모든 사람은 노력하지 않으면 안 된다.　　　　　　　　　　　　　　　　— 칸트

칸트(1724~1804)
독일의 철학자로 철학사를 통틀어 가장 위대한 철학자 중 한 사람이다. 칸트는 데카르트에서 시작된 합리론과 베이컨에서 시작된 경험론을 종합했다. 그는 철학적 사유의 새로운 한 시대를 열었다. 인식론 · 윤리학 · 미학에 걸친 종합적 · 체계적인 작업은 뒤에 생겨난 철학들에 큰 영향을 주었다.

책을 쓴 사람의 가치를 알기 위해서는 그것이 도덕성을 가르치고 있는가 그렇지 않은가에 주의하지 않으면 안 된다. 모든 학문은 도덕성을 가르치기 위하여 존재하는 것이 아니고, 그 목적이 다른 곳에 있는 것이다. 그것은 인간의 두뇌를 직접적인 도덕으로 안내하는 것은 아니다. 다만 그 길을 청소하여 줄 따름이다.

— 세네카

세네카(BC 4~AD 65)

이탈리아 고대 로마 제정기의 스토아 철학자. 네로의 과욕에 위태로움을 느낀 나머지 62년 네로에게 간청하여 관직에서 은퇴하였으나, 65년 네로에게 역모를 의심받자 스스로 혈관을 끊고 자살하였다. 스토아주의를 역설했다. 주요 작품으로 《노여움에 대하여》, 《자연학 문제점》 등이 있다.

인간의 완성이란 유토피아의 꿈에 지나지 않는 것이라고 해서, 선을 행하려는 그대의 노력을 중지시키려고 하는 사람들에 대해서 조심하라. 그대 속에 숨어 있는 고귀한 감정을 눈뜨게 하는 모든 것만을 따를 필요가 있는 것이다.   — 러스킨

러스킨(1819~1900)
영국의 비평가·사회사상가. 예술미의 순수감상을 주장하고 '예술의 기초는 민족 및 개인의 성실성과 도의에 있다.'고 하는 자신의 미술원리를 구축해 나갔다.

식물에 있어 생명의 신비는 우리들 생명의 신비와 같은 것이다. 생물학은 그 신비를 기계학적인 법칙으로 설명하려고 하지만 그것은 헛수고에 지나지 않는다. 자기가 만든 기계를 설명하듯이 그 신비를 설명할 수는 없는 것이다. 우리들은 손끝으로 동물 또는 식물의 가장 성스러운 점을 느낄 수는 없다. 그저 그 표면성을 이해할 수 있을 따름이다.

— 세네카

세네카(BC 4~AD 65)
이탈리아 고대 로마 제정기의 스토아 철학자. 네로의 과욕에 위태로움을 느낀 나머지 62년 네로에게 간청하여 관직에서 은퇴하였으나, 65년 네로에게 역모를 의심받자 스스로 혈관을 끊고 자살하였다. 스토아주의를 역설했다. 주요 작품으로 《노여움에 대하여》, 《자연학 문제점》 등이 있다.

인간의 영혼은 내부에서 빛을 발하는 투명한 구체(球體)라 할 수 있다. 그 빛은 영혼 자체에 대해서 모든 진리와 광명의 원천이 될 뿐만 아니라 일체의 외부적인 존재에 대해서도 빛을 비친다.

이와 같이 인간의 영혼은 참된 자유와 행복한 상태 속에 있는 것이다. 다만 외부 세계에 대한 정념이 그 '구체'의 미끄러운 표면을 소란하게 하고 어둡게 하는 것이다. 그 때문에 손상당하는 것이다.

— 마르쿠스 아우렐리우스

마르쿠스 아우렐리우스(121~180)
로마제국의 제16대 황제로 5현제(賢帝)의 마지막 황제이며 후기 스토아학파의 철학자로 《명상록》을 남겼다. 당시 경제적·군사적으로 어려운 시기였고 페스트의 유행으로 제국이 피폐하여 그가 죽은 후 로마제국은 쇠퇴하였다.

　타격받은 무거운 마음을 안고 괴로운 생활 때문
에 어둡게 된 마음을 환하고 선량하게 만드는 것,
그것만이 참된 행복이고 보배이며 가치라고 나는
생각한다.

　사람들의 성(性)은 선(善)이다. 그리고 그 힘과
용기를 확고히 하는데 종교적인 행복이 존재하는
것이다. 그대는 얻기 어렵다고 생각하던 그 힘의
존재에 대해서 그대 자신이 놀랄 것이다.

— 아미엘

아미엘(1884~1977)
프랑스 극작가. 심리극 전통을 추구하고, 제1차 세계대전 후 '침묵파'
로 활약했다. 작품은 《카페 타바》, 《사나이》, 《적령기 여성》, 《모네스체
집안》 등이 있다.

인간이 살고 있는 집은 부서지고 헐어진다. 그러
나 맑은 사상, 선한 행위에 의하여 영혼 자신이 세
운 집은 자신의 불멸성에 대하여 불안해하지는 않
는다. 그리고 어떤 것이라도 그 속의 주인에 대해
서 해를 가할 수는 없을 것이다.　　　— 류시 말로리

허영이라는 것은 아주 작은 자신을 보이게 하는 데에도, 또 있는 그대로 자기가 자기를 믿는 데에도 아무 도움이 안 된다.

이것을 잘 생각해 보면 쉽게 이해될 것이다. 사람들에게 자기를 믿게 하기 위해서는 자신이 스스로를 믿기보다는 훨씬 많은 자기 부정과 자기 교양이 필요하다. 그러므로, 전자는 후자보다 그 사람의 명예를 한층 더 진실하게 한다.   — 칸트

칸트(1724~1804)
독일의 철학자로 철학사를 통틀어 가장 위대한 철학자 중 한 사람이다. 칸트는 데카르트에서 시작된 합리론과 베이컨에서 시작된 경험론을 종합했다. 그는 철학적 사유의 새로운 한 시대를 열었다. 인식론·윤리학·미학에 걸친 종합적·체계적인 작업은 뒤에 생겨난 철학들에 큰 영향을 주었다.

우리들은 이 세계를 있는 그대로 보는 것이 아니
라 우리들의 관념에 따라 본다. 다시 말하면 스스
로의 관념이 주는 빛 속에서 보는 것이다. 이 세상
에 혐오를 느낄 때, 이 세계는 검은 안경을 쓴 듯
어둡게 보이는 것이다.　　　　　　― 류시 말로리

현재 우리들이 미래에 대해 알고 있는 것보다도 훨씬 조금밖에 현재를 알지 못했던 상태로부터 우리가 부활했던 것은 아닐까? 우리들의 과거의 상태가 현재에 관계되고 있듯이 현재의 상태도 미래에 관계하게 되는 것이다.　　　　— 리히텐베르크

리히텐베르크(1742~1799)
독일의 물리학자·계몽주의 사상가. '리히텐베르크 도형'을 발견하였고, 1778년부터 《괴팅겐 포켓연감》을 발행, 여기에 많은 자연과학 및 철학 논문을 수록·발표하였다.

1130

어떤 죄악에 책임을 느끼고 그것에서 벗어나기 위해서 고통을 받지 않으면 안 될 때, 그 사람은 대단한 위험 속에 있다고 할 수 있다. 스스로 그 죄를 부끄러워하면서도, 그것에서 해방된다는 것은 속세의 말로는 몸의 파멸을 의미하는 것이다. 죄를 첫 단계에서 멈출 수 없는 인간들은 결국 최후의 계단까지 가버릴 것이다.　　　　　　　— 박스터

December

12

누군가가 그대에게 특별히 존경을 나타낼 때는 그것을 자세히 살필 것이며, 그대를 칭찬하는 모든 말을 단호하게 물리쳐버리지 않으면 안 된다. 표면적인 영광은 이성을 벗어나게 하는 힘을 갖고 있다. 그리고 그대가 하고 있는 일 모두 사람들의 존경을 받을 만한 것이라고 확신될 때에는 그대가 빠져들고 있는 그 기만이 무엇보다 무서운 것임을 알라.

— 마르쿠스 아우렐리우스

마르쿠스 아우렐리우스(121~180)
로마제국의 제16대 황제로 5현제(賢帝)의 마지막 황제이며 후기 스토아학파의 철학자로 《명상록》을 남겼다. 당시 경제적·군사적으로 어려운 시기였고 페스트의 유행으로 제국이 피폐하여 그가 죽은 후 로마제국은 쇠퇴하였다.

경험은 우리들에게 다음과 같은 점을 가르쳐준
다. 즉, 묘지 저편의 생활에 대한 가르침을 알려주
지만 그 존재를 믿고 있는 많은 사람들은 여전히
나쁜 일을 생각하고 더러운 행동을 하며, 그리고
자기 행위에 대해 다가올 무서운 결과를 어떻게
하면 피할 수 있을까 하고 교활한 생각을 하고 있
다는 것이다.
— 칸트

칸트(1724~1804)
독일의 철학자로 철학사를 통틀어 가장 위대한 철학자 중 한 사람이
다. 칸트는 데카르트에서 시작된 합리론과 베이컨에서 시작된 경험론
을 종합했다. 그는 철학적 사유의 새로운 한 시대를 열었다. 인식론·
윤리학·미학에 걸친 종합적·체계적인 작업은 뒤에 생겨난 철학들에
큰 영향을 주었다.

과학이 종교의 적이 될 경우가 있다고 생각하는 것은 무서운 일이다. 과학이 단지 허영에 지나지 못할 때 종교의 적이 될 뿐만 아니라 진리의 적이 될 것이다. 그러나 참된 과학은 종교의 적이 아니라 종교의 길을 개척해 주는 것이다.　　─ 러스킨

러스킨(1819~1900)
영국의 비평가·사회사상가. 예술미의 순수감상을 주장하고 '예술의 기초는 민족 및 개인의 성실성과 도의에 있다.'고 하는 자신의 미술원리를 구축해 나갔다.

December

1204

어떠한 생존 경쟁이, 혹은 어떠한 억제하기 어려운 어리석음이 그대들의 두 손을 피로 더럽히고 있다. 그러한 일을 하지 않더라도 그대들은 생존해 나가는 데 필요한 온갖 것, 그리고 온갖 편리한 것을 이용하지 않는가? 어째서 그대들은 대지에서 생기는 것만으로 그대들이 생활하는데 충분하지 않다고들 비방하는가?

— 플루타르크

플루타르크(46~120)
《플루타르크 영웅전》의 저자로 널리 알려진 고대 그리스 시대의 철학자·정치가·작가이다. 그는 중기 플라톤주의 철학자들 중의 한 명이었으며, 《플루타르크 영웅전》 외에 유명한 저작으로는 《도덕론》이 있다.

　원시 시대에 최초로 육식하지 않으면 안 되었던 민족에게는 그래도 동정할 만한 이유가 있었던 것이다. 그들에게는 생활 때문에 필요한 다른 수단이 전혀 없었거나 혹은 결핍되어 있었다는 것으로써 허용될 수 있었다. 그러므로 원시 시대의 민족은 사실 자기의 정욕을 즐기기 위해서 피를 흘리는 관습을 얻은 것은 아니다. 또 모든 욕망을 키우는 것에 의하여 불법인 정념에 몸을 맡겼기 때문에 그러한 관습을 얻은 것 또한 아니다.

— 플루타르크

플루타르크(46~120)
《플루타르크 영웅전》의 저자로 널리 알려진 고대 그리스 시대의 철학자·정치가·작가이다. 그는 중기 플라톤주의 철학자들 중의 한 명이었으며, 《플루타르크 영웅전》 외에 유명한 저작으로는 《도덕론》이 있다.

육식이 인간의 본성에 배반된 것이라는 증거의 하나로 다음과 같은 것을 들 수 있다. 그것은 어린 아이들이 육식에는 냉담하다는 점이다. 그리고 인간 본성을 그대로 지닌 채 때가 묻지 않은 어린아이들은 항상 채소나 젖이나 과일 같은 것을 즐긴다는 점이다. ― 루소

루소(1712~1778)
프랑스의 사상가. 프랑스 혁명에서 그의 자유민권 사상은 혁명 지도자들의 사상적 지주가 되었으며 19세기 프랑스 낭만주의 문학의 선구적 역할을 하였다. 작품으로는 《신 엘로이즈》, 《에밀》, 《고백록》 등이 있다.

만약 우리들이 맹목적으로 습관에 따르는 것이
아니고, 조금이라도 생각이 있는 사람이라면 누구
나 다음과 같은 의견에는 찬성하지 않을 것이다.

즉, 은혜 깊은 대지가 우리들을 위해 갖가지 좋
은 식물을 제공하고 있음에도 불구하고 우리들은
매일의 생활을 위해 동물을 죽이지 않으면 안 된
다고 하는 의견에는 분명 찬성하지 않을 것이라는
말이다.
— 망드빌

과실을 범한 사람들은 진리를 얻기 어렵다. 왜냐하면, 바로 그 과실 때문에 모든 악한 영향은 뿌리칠 수 없을 만큼 굉장한 힘으로 그 사람을 사로잡아버리기 때문이다.

그러나 우리들이 쉬지 않고 확고하게 진리를 추구한다면 진리는 힘이 센 것이라, 최후의 승리는 반드시 진리로 돌아간다.　　　　— 류시 말로리

교화란 사람들이 자기 자신 속에 가지고 있는 어림짐작에서 벗어남을 말한다. 그리고 그 짐작은 다른 사람의 지도 없이 자신의 이성으로 이해하는 것을 의미한다. 그 사람이 어림짐작한다는 것은 그 사람의 이해력이 불충분하다는 것은 아니다. 단지 그 사람이 다른 사람의 지도 없이 자신의 이성을 이해할 수 없다는 것은 결단과 용기가 부족하기 때문인 것이다.

— 칸트

칸트(1724~1804)

독일의 철학자로 철학사를 통틀어 가장 위대한 철학자 중 한 사람이다. 칸트는 데카르트에서 시작된 합리론과 베이컨에서 시작된 경험론을 종합했다. 그는 철학적 사유의 새로운 한 시대를 열었다. 인식론·윤리학·미학에 걸친 종합적·체계적인 작업은 뒤에 생겨난 철학들에 큰 영향을 주었다.

재산으로 일어나는 욕심에 현명한 한계를 규정하기란 불가능한 건 아니지만 어려운 일이다. 실제 인간의 만족이라는 것은 절대적인 것이 아니라 비교되는 데 있다. 즉, 만족이란 그 사람의 욕심과 재산과의 관계로 볼 때, 재산은 분모가 없는 분수와 같이 의의가 없는 것이다. 갖고 싶지 않은 것, 자기에게 필요치 않은 것을 갖고 있지 않는 사람은 충분히 만족할 수 있다. 그러나 그 사람보다도 훨씬 많은 재산을 소유하고 있으면서도 아직 욕심을 채우지 못한 자는 스스로를 아주 불행한 사람이라고 생각하고 있는 것이다.　　　　　　— 쇼펜하우어

우리들의 행복은 십중팔구까지 건강에 의해 좌우되는 것이 보통이다. 건강은 바로 만사의 즐거움과 기쁨의 원천이 된다.　　— 쇼펜하우어

적게 바라고 스스로 노력해 만족을 얻는 것, 어떤 것을 얻게 되는 일이라면 모든 기회를 이용하는 대신 언제나 남에게 베풀어준다는 상태에 있는 것, 이 이상 확실한 태도는 없다. 풍족하게 모든 것이 혜택을 받고 있는 것보다 스스로 자기의 필요를 만족시키는 편이 훨씬 확실한 태도이다. 그것은 현재에 있어서 어느 소수의 사람에게는 그렇지 않다고 생각될지도 모르나, 항상 모든 사람들에게 있어서 가장 확실한 태도인 것이다.   — 에머슨

에머슨(1803~1882)

미국 사상가 겸 시인. 자연과의 접촉에서 고독과 희열을 발견하고 자연의 효용으로서 실리·미·언어·훈련의 4종을 제시했다. 정신을 물질보다도 중시하고 직관에 의하여 진리를 알고, 자아의 소리와 진리를 깨달으며, 논리적인 모순을 관대히 보는 신비적 이상주의였다. 주요 저서에는 《자연론》, 《대표적 위인론》 등이 있다.

만일 누군가가 그대를 비방하거든, 그것에 마음 쓰지 말고 쓸데없는 것이라고 생각하라. 그러나 그대가 남의 비난을 입에 올렸을 때, 그렇게 대단한 소리를 한 것은 아니라고 생각하여 양심을 안일하게 내버려두어서는 안 된다. 또한 그대가 비난한 그 사람에게 진심으로 사과를 하고 진실한 기도와 우정으로 스스로를 용서해 주며, 완전히 사이가 다시 좋게 될 때까지 그 비난을 아주 커다란 것이라고 생각하라.　　　　　　　　　　　　— 《탈무드》

《탈무드》

유대인 율법학자들이 사회의 모든 사상(事象)에 대하여 구전·해설한 것을 집대성한 책으로, 유대교의 율법, 전통적 습관, 축제·민간전승·해설 등을 총망라한 유대인의 정신적·문화적 유산이다. 유대교에서는 《토라 *Torah*》라고 하는 '모세의 5경' 다음으로 중요시된다.

사람들이 누군가를 비난할 때, 자기도 따라서 그렇게 하기 전에 주의 깊게 그 이유를 캐볼 필요가 있다. 사람들이 누군가를 칭송하거든 자기도 그렇게 하기 전에 주의 깊게 그 이유를 살펴볼 필요가 있다.

— 공자

공자(BC 552~BC 479)
중국 고대의 사상가, 유교의 시조. 최고의 덕을 인이라고 보았다. 인(仁)에 대한 공자의 가장 대표적인 정의는 '극기복례(克己復禮)' 곧 '자기 자신을 이기고 예에 따르는 삶이 곧 인'이라는 것이다. 그 수양을 위해 부모와 연장자를 공손하게 모시는 효제(孝悌)의 실천을 가르치고, 이를 인의 출발점으로 삼았다.

인생에 있어서 자기 자신을 선하게 하려고만 하고 도덕상의 완성, 즉 자기 내부에 있어서의 만족과 종교적 공순을 얻기만 원하는 사람은, 그 어떤 사람보다도 인생의 사명을 다할 수 없다는 위험에 빠지는 일이 가장 적은 사람이다.   — 아미엘

아미엘(1884~1977)

프랑스 극작가. 심리극 전통을 추구하고, 제1차 세계대전 후 '침묵파' 로 활약했다. 작품은 《카페 타바》, 《사나이》, 《적령기 여성》, 《모네스체 집안》 등이 있다.

자기의 악을 자기의 선으로 덮어 감추는 사람은
구름 속에서 나타나는 달과 같이 이 세상을 비춘다.
대지의 전부를 소유하는 것보다, 하늘로 올라가는
것보다, 모든 세계를 지배하는 것보다 성자에게로
한 걸음 더 가까이 갔다는 그 기쁨이 훨씬 크다.

— 잠파다

자기만족으로 여러 가지 과학의 위대한 보고(寶庫)를 소유하는 것보다는 작더라도 겸허한 마음으로 건전한 사상을 소유하는 것이 낫다. 학문에 악한 것이 있을 리 없다. 그리고 모든 지식은 각각의 입장에서 쓸모 있는 것이겠지만, 지식 이전에 먼저 선한 양심과 도덕적인 생활이 수립되어야 할 것이다.　　　　　　　　　　 ― 토마스 아 켐피스

토마스 아 켐피스(1380~1471)
독일에서 태어나 1399년 아우구스티노회 수도원에 들어갔다. 생애의 대부분을 그곳에서 지내면서 많은 수양서와 전기를 썼다. 수도자의 영적 수업의 책으로 널리 읽히는 《그리스도를 본받아》의 저자이기도 하다.

생각하는 방식이 올바르지 않으면 의지도 올바르게 되지 않는다. 왜냐하면 의지는 생각하는 방식의 결과로 나타나는 것이기 때문이다. 그리고 사상의 방향은 인생의 계율 위에 자리 잡고, 정의의 관점에서 취급될 때에만 가장 선한 것으로 되는 것이다.

— 세네카

세네카(BC 4~AD 65)
이탈리아 고대 로마 제정기의 스토아 철학자. 네로의 과욕에 위태로움을 느낀 나머지 62년 네로에게 간청하여 관직에서 은퇴하였으나, 65년 네로에게 역모를 의심받자 스스로 혈관을 끊고 자살하였다. 스토아주의를 역설했다. 주요 작품으로 《노여움에 대하여》, 《자연학 문제점》 등이 있다.

　가난한 자는 부자보다 잘 웃는다. 그리고 마음이 편하다. 왜 사람들에게 부가 필요한 것인가? 사람에게는 좋은 의복, 아름다운 방, 그리고 여러 가지 놀이터에 드나들 권리가 필요하기 때문인 것이다. 이와 같은 인간에게 내면적인 사색을 주게 하라. 그는 홀로 들로 나가거나 방으로 들어가 생각에 잠길 것이다. 그리고 그때 그는 가장 부자인 자보다도 행복해질 것이다.　　　　　　　　　— 에머슨

에머슨(1803~1882)
미국 사상가 겸 시인. 자연과의 접촉에서 고독과 희열을 발견하고 자연의 효용으로서 실리 · 미 · 언어 · 훈련의 4종을 제시했다. 정신을 물질보다도 중시하고 직관에 의하여 진리를 알고, 자아의 소리와 진리를 깨달으며, 논리적인 모순을 관대히 보는 신비적 이상주의였다. 주요 저서에는 《자연론》, 《대표적 위인론》 등이 있다.

December

1219

   그대가 생활을 해나가는 중 하루하루를 남의 행
복을 위해서 바치지 않으면 안 된다는 것, 될 수 있
는 한 많은 일을 남을 위해서 하지 않으면 안 된다
는 것을 깊이 깨달아라. 그리고 불평하지 말고 그
것을 실행하라.

— 러스킨

러스킨(1819~1900)
영국의 비평가 · 사회사상가. 예술미의 순수감상을 주장하고 '예술의
기초는 민족 및 개인의 성실성과 도의에 있다.'고 하는 자신의 미술원
리를 구축해 나갔다.

December

1220

생활을 피하지 마라. 악이 우리 생활에 완강히 따라다닌다. 악은 무지의 결과로 생기는 것이다. 그리고 우리는 그 무지를 자기와 함께 보이지 않는 세계로 이끌어가고 마는 것이다. 만약 그 이전에 무지에서 해방되지 않는다면 더욱더 그렇다. 무지는 우리들의 생활을 불행하게 한다. 우선 그 무지를 쫓아버리자. 그러면 우리의 불행도 자연히 사라져버릴 것이다.

— 석가모니

석가모니(BC 563~BC 483)
인도의 불교 창시자. 본래의 성은 고타마, 이름은 싯다르타인데 후에 깨달음을 얻어 붓다(Buddha)라 불리게 되었다. 또한 사찰이나 신도 사이에서는 진리의 체현자(體現者)라는 의미의 여래, 존칭으로서의 세존, 석존 등으로도 불린다.

선으로 향하는 길 위에서, 모든 방해는 정신의 노력에 의해서 퇴치되는 것이기 때문에 도리어 우리에게 새로운 힘을 준다. 선에 도달하는데 장해가 되며 우리를 협박하는 것은 나중에 그 자체가 스스로 선이 되고 만다. 그리하여 막다른 골목에 다다라서도 별안간 희망에 가득 찬 길이 열리게 되는 것이다.
　　　　　　　　　　　　　　— 마르쿠스 아우렐리우스

마르쿠스 아우렐리우스(121~180)
로마제국의 제16대 황제로 5현제(賢帝)의 마지막 황제이며 후기 스토아학파의 철학자로 《명상록》을 남겼다. 당시 경제적·군사적으로 어려운 시기였고 페스트의 유행으로 제국이 피폐하여 그가 죽은 후 로마제국은 쇠퇴하였다.

　　매일 아침의 여명은 생활의 시작이며, 매일 저녁
의 석양은 생활의 끝이라고 생각할 수 있다. 짧은
일생의 매일을 남을 위해서 바치는 사랑, 그리고
자기 자신을 향한 노력의 흔적으로 훗날에 남도록
하라.　　　　　　　　　　　　　　　　　　　　　　　　　— 러스킨

러스킨(1819~1900)
영국의 비평가·사회사상가. 예술미의 순수감상을 주장하고 '예술의
기초는 민족 및 개인의 성실성과 도의에 있다.'고 하는 자신의 미술원
리를 구축해 나갔다.

　악을 비난하지 않고 선을 조장시키는 것으로서 개인생활이나 사회생활은 조화를 이룰 수 있다. 날카로운 사람은 악을 비난한다. 그러나 그 자체가 벌써 악인 것이다. 그것도 최고의 악이다. 악을 비난함으로써 더욱더 비대해질 뿐이기 때문이다. 악을 염두에 두지 않고 모든 관심을 선에 두는 것은 악을 소멸시키는 가장 좋은 방법이다.

— 류시 말로리

굳센 식물은 거친 땅이나 굳은 암석의 층일지라
도 헤치고 뚫고 나와 스스로의 길을 열어간다. 선
의 경우도 그와 같다. 선량하고 진실한 인간의 힘
에 어떠한 쇠망치가, 어떠한 철판이 비교될 수 있
을 것인가? 어떠한 힘이라 하더라도 선량하고 진
실한 인간의 힘에는 맞서 싸울 수 없다.   ― 소로

소로(1817~1862)
미국 사상가·문학자. 자연에 대해서 뿐만 아니라 사회문제에 대해서
도 항상 민감한 반응을 보였다. 멕시코 전쟁에 반대하여 인두세(人頭
稅)의 납부를 거절한 죄로 투옥당했으나, 그때 경험을 기초로 쓴 《시민
의 반항》은 후에 간디의 운동 등에 커다란 영향을 주었다.

신의 의지는 우리들의 마음속에 침투되어 있다. 우리들은 신을 볼 수가 없다. 그것은 신이 우리들과 너무 가까이 있으며, 우리들 내부 깊숙한 곳에 있기 때문에 우리들의 불완전한 의식 위에는 더 오를 수 없는 것이다. 그리고 신이 그와 같이 우리들 가까이에 있는 것은 우리들이 신을 의식하고 있기 때문이 아니라 신이 우리들 위에 작용하며, 영향을 주며 우리가 신에 속한다는 것을 가르치기 때문이다. 이 속에 신의 자부심과도 같은 선물이 들어 있는 것이다.

— 채닝

채닝(1856~1931)

미국의 역사가. 1000년부터 남북전쟁(1861~1865)까지의 미국의 발전에 관한 기념비적 연구로 유명하다. 목사 윌리엄 엘러리 채닝의 아들로, 사회진화론의 영향을 받은 그는 미국사를 지배하는 줄기로 당파주의를 넘어선 통일의 힘을 강조했다. 그의 저서 《미국사 *History of the United States*》(6권, 1905~1925)는 미국사 저서들 가운데 주요업적으로 평가받고 있으며 제6권은 역사학 부문 퓰리처상을 받았다.

　여느 행복도 진리를 추구하는 행복에 비하면 가치가 없다. 또한 다른 모든 기쁨도 진리를 아는 기쁨과 비교한다면 가치가 없는 것이다. 진리를 추구하는 행복은 무한하며, 모든 행복을 초월한다.

— 석가모니

석가모니(BC 563~BC 483)
인도의 불교 창시자. 본래의 성은 고타마, 이름은 싯다르타인데 후에 깨달음을 얻어 붓다(Buddha)라 불리게 되었다. 또한 사찰이나 신도 사이에서는 진리의 체현자(體現者)라는 의미의 여래, 존칭으로서의 세존, 석존 등으로도 불린다.

사랑은 인류 사회에 커다란 힘을 준다. 그러나 그것은 차츰 인류에게서 잊혀지고 소홀하게 대우 받게 되어버렸다. 역사상에 있어서 한두 번은 사랑의 힘에 의해 커다란 성공을 얻은 예를 볼 수 있다. 그러나 이윽고 사랑이 인생의 계율이 되고, 모든 불행이 찬연히 빛나는 햇살을 받아서 스러져버릴 때가 올 것이다.

— 에머슨

에머슨(1803~1882)

미국 사상가 겸 시인. 자연과의 접촉에서 고독과 희열을 발견하고 자연의 효용으로서 실리·미·언어·훈련의 4종을 제시했다. 정신을 물질보다도 중시하고 직관에 의하여 진리를 알고, 자아의 소리와 진리를 깨달으며, 논리적인 모순을 관대히 보는 신비적 이상주의였다. 주요 저서에는 《자연론》, 《대표적 위인론》 등이 있다.

그대가 원한다 할지라도 자신의 삶을 인류로부터 멀리 떨어지게 할 수는 없다. 그대는 인류 속에서 인류를 위해 살며, 인류에 의해 살고 있는 것이다. 그대의 영혼은 일하고 있는 상태에서 해방될 수 없다. 우리들은 모두 손과 발과 같이 공동 작용을 위해 존재하기 때문이다. 서로 배반하고 반목하는 것은 자연에 반역하는 것이며, 서로 욕하고 질투하는 것은 자연에 어긋나는 행위를 의미한다.

— 마르쿠스 아우렐리우스

마르쿠스 아우렐리우스(121~180)
로마제국의 제16대 황제로 5현제(賢帝)의 마지막 황제이며 후기 스토아학파의 철학자로 《명상록》을 남겼다. 당시 경제적·군사적으로 어려운 시기였고 페스트의 유행으로 제국이 피폐하여 그가 죽은 후 로마제국은 쇠퇴하였다.

December

줄기에서 떨어져 나온 가지는 그 나무 전체에서 떨어져 나온 것이다. 남과 사이가 멀어진 것은 전 인류로부터 멀어진 것과 같다. 가지는 알지도 못하는 사람 손에 의해서 잘린 것이지만 인간은 그 증오나 사악에 의해 스스로가 남에게서 떨어져 나가는 것이다. 그렇게 함으로써 전 인류로부터 멀어짐을 깨닫지 못한다.

모든 인간을 하나의 형제로 부르신 신은 그 불화가 생긴 후 다시 친해질 수 있는 자유를 우리들에게 주고 있는 것이다. — 마르쿠스 아우렐리우스

마르쿠스 아우렐리우스(121~180)
로마제국의 제16대 황제로 5현제(賢帝)의 마지막 황제이며 후기 스토아학파의 철학자로 《명상록》을 남겼다. 당시 경제적·군사적으로 어려운 시기였고 페스트의 유행으로 제국이 피폐하여 그가 죽은 후 로마제국은 쇠퇴하였다.

인류의 역사는 여러 가지 봉사로써만 신에 가까이 이를 수 있음을 증명하고 있다. 이 세상에 영원한 질서가 존재하고 있다는 것은 신의 의지를 완수했을 때에만 명료해지며, 그렇게 함으로써 우리들은 이 지상에 있어서의 신의 의지를 깨닫게 되는 것이다. — 러스킨

러스킨(1819~1900)
영국의 비평가·사회사상가. 예술미의 순수감상을 주장하고 '예술의 기초는 민족 및 개인의 성실성과 도의에 있다.'고 하는 자신의 미술원리를 구축해 나갔다.